U0024544

帥醫筆記

之8 富商巨賈

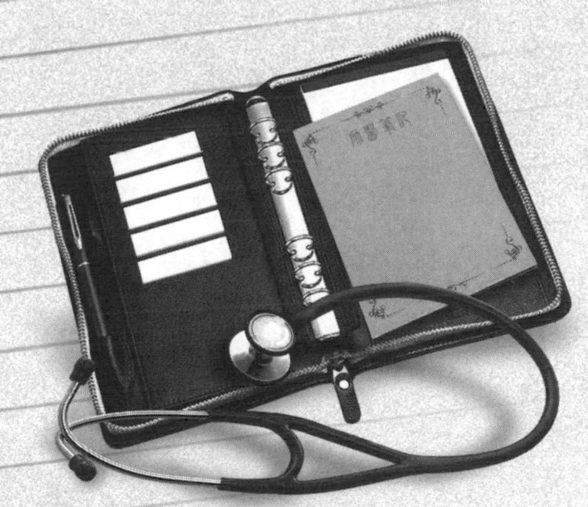

司徒浪◎著

我是一名婦科醫生。

每天，我都會接觸到女人那些難以啟齒的病痛，

我的職責便是為她們解除痛苦。

假如我看她們的笑話，出賣她們的隱私，

將她們的病痛當做閒聊話題，我就是個毫無廉恥的卑鄙小人。

我總認為女人比我們男人乾淨，她們不像我們男人，

為了競爭爾虞我詐，用心計、耍手腕，

她們心地善良單純，我因此本能地對她們產生憐愛。

我覺得女人真是一種奇怪的動物，她們有時候很難讓人理解。

女人的情感，就彷彿是天上飄著的一片雲，來無影去無蹤。

有時候你會覺得她們很變態，真的，她們固執起來的時候真的很變態。

說到底，男人或許是一種極端自私的動物，在他們眼中，只有獵物，沒有女人。

於是，許許多多說不清道不明、不便說也不能說的事情發生了。

而我只能將一切藏在心中，或者，寫入我的筆記……

——馮笑手記

目錄

帥醫筆記

第一章

舊情復燃

她的吻熱烈而狂亂，
讓我最開始的那一刻竟然沒有反應過來，
但是在一瞬間之後我就頓時與她一樣了，
我這才發現自己的內心裏對她的思念竟是那麼的強烈，
也就在這一瞬間，我和她同樣的熱烈與狂亂起來。
她還是她，還是那樣的味道和感覺。

莊晴和寧相如幾乎是同時到的。

莊晴坐的是計程車，而寧相如卻是自己開車來的。一輛白色的寶馬。

小飯館確實很小，就在路邊，一眼就看見她們倆了。

她們互相不認識，但當莊晴走進來的時候，我已經激動得站了起來。

因為我發現，莊晴好像變得和她以前不大一樣了。

莊晴的臉上帶著一絲疲憊，但她的氣質卻與從前不大一樣了。

氣質這東西看似無形，實則有形，簡直無法描述。以前的莊晴是很隨意的，在我面前恣意地說笑，甚至在床上還有些放蕩。但是現在的她似乎不一樣了，她在顧盼之間多了一些沉穩，連她臉上的笑都有所收斂了。她整個人給人一種典雅、高貴的感覺。

「莊晴，快來坐。我給你介紹一下。這是康得茂，我中學同學。這是寧相如，我老鄉。」我急忙介紹道，隨即又對康得茂和寧相如笑道：「這是我以前的同事……也是好朋友。」

「你們好。」莊晴朝他們微微地笑了一下，隨即坐下，「馮笑，這裏的菜好吃嗎？我可是很久沒吃麻辣的了，你讓老闆再來兩樣。」

所有的人都坐下，我急忙對小飯館的老闆說：「再來幾個你們做得好的菜，麻辣越重越好。」

「馮醫生，這地方好像差了點吧？我們換個地方好不好？我知道一個地方，環境和味道都還不錯，而且是通宵營業的。」寧相如說道。

「不用了，這地方味道還不錯。」我說，隨即去問莊晴，「怎麼樣？你覺得呢？」

「就這裏吧，我進來就聞到這泥鰍的香味了。」莊晴說，隨即去夾了一條泥鰍，「我吃了啊。」

我發現寧相如看了莊晴一眼，欲言又止，隨即給我們每個人倒滿了酒。

這下我要說話了，「寧總，謝謝你，這麼晚還來陪我們喝酒。」

我發現自己今天太過興奮了，以至於連拉皮條這樣的事情竟然都興趣盎然。

「馮醫生叫我來喝酒，那是看得起我呢。對了，剛才我一直在疑惑，總覺得這位小妹妹好面熟，我想起來了，最近一期某本雜誌的封面是你吧？」寧相如說，隨即去問莊晴。

莊晴笑了笑，不說話。

我在旁邊說道：「怎麼樣？你覺得那封面漂亮嗎？」

「真的是你？」寧相如驚訝地道，「漂亮，很漂亮啊！想不到我竟然能夠在這裏碰見你。馮醫生，你連這麼漂亮的女孩子都認識啊，而且還是好朋友，想不到！」

我笑道：「剛才我不是說了嗎？她以前和我是同事和朋友，後來出去發展了。莊晴，來，我敬你一杯，祝你事業取得成功。」

「我也敬你，你叫莊晴是吧？我有個預感，你今後會大紅大紫的。」寧相如也舉起了酒杯。

剛才我們在說話的時候，康得茂一直驚訝地看著莊晴和我，現在他也反應了過來，急忙舉杯道：「我也敬你。太好了，今後我可有吹牛的本錢了，本人曾經和某某大明星在某處小酒館喝過酒。」

我大笑，「得茂，你等著吧，要不了多久，你就會有這個吹牛的機會了。」

莊晴很高興的樣子，「謝謝，謝謝你們。」

不多久，又上來了幾樣菜：水煮青蛙，干煸鱔魚，麻辣大蒜鯽魚，涼拌萵筍。都是麻辣味道的，紅豔豔的一片，看上去很誘人。

莊晴頓時一陣歡呼，「我吃了啊，你們先喝酒，待會兒我一個個敬你們。」

我當然不會反對。我覺得這才是原來的她。

隨即我舉杯，「得茂，寧總，我敬你們兩個。我們都是家鄉人，特別是今天，能夠認識寧總，我很高興。」

「我們一個個喝吧，你一次喝我們兩個人，不大公平吧？」寧相如說。

「我們三個老鄉一起喝啊。難道不可以嗎？」我說道。

「好，我喝。」康得茂說。

寧相如只好舉杯。

接下來，我又去敬她，「你剛才說了，要我分別和你們兩個喝。來，我先敬你。寧總，今天我們只交朋友，不談工作。我這個人有一個原則，幫朋友忙不大看重金錢，不知道寧總懂不懂我的意思？」

「非常榮幸馮醫生能夠把我當成朋友。我喝。」她舉杯。

接下來，我又和康得茂喝酒，「得茂，我們倆就不說了吧？」

他大笑，「不說了，一個字，喝！」

「我可是和你們兩個分別都喝完了啊，你們呢？」喝下杯中的酒後，我笑著對他們兩個人說道。

「我先來。」康得茂說，於是，給他自己和寧相如都倒滿了酒，「相如，我們也算是老朋友了，來，我敬你一杯。」

寧相如為難地道：「康處長，你是知道的，我酒量不行。而且，今天我還開了車來的。」

「那可不行，我都分別和你們喝了，得茂當然也得分別和你我喝了。」我說。

「馮笑，不要強迫女士喝酒，你們在幹嘛呀？」這時候，莊晴在旁邊說了句。

我頓時不好多說什麼了，「我沒有強迫啊，只是覺得今天大家難得這麼高興。好吧，寧總，你隨意吧，不過，這杯酒是得茂敬你的，得他同意才行。」

「隨便吧，別喝醉了。」康得茂神情頓時黯然起來，歎息了一聲。

我心裏暗自好笑，同時也有些替他惋惜這次機會。

「味道真不錯。馮笑，我可是很久沒吃過這麼好吃的東西了。在北京那地方，吃的東西貴不說，味道還不好。今天晚上算是過癮了。好啦，我吃舒服啦。來，我敬這位，康，康得茂是吧？來，我們乾杯。」莊晴說著，便朝他舉杯。

康得茂急忙喝下了。

「我們再喝一杯。你是馮笑的同學，那也就是我的朋友啦。」莊晴又道。

康得茂急忙地道：「這話我愛聽。好，我們喝。」於是又喝下。

「第一次見面得單獨喝三杯，而且，你前面那句話對我還是一種極大的鼓勵，來，我們再喝一杯。」莊晴再次對康得茂說。

康得茂看著我，我急忙對莊晴說：「別喝急了，他的酒量也不怎麼樣的。」

「你不是說，你今天很高興嗎？我也很高興啊。難道康同學不高興？」莊晴笑吟吟地道。

「高興，當然高興了。我喝，我喝就是。」康得茂說，急忙地喝下。

讓我想不到的是，接下來，寧相如卻主動端起了酒杯，她來敬我和莊晴，「馮醫生，我敬你們兩個人。馮醫生這裏就不說了，我們是老鄉，而且今天第一次見面你就這麼熱心；莊晴小妹子，我祝你今後事業有成，能夠成為家喻戶曉的大明星。」

莊晴高興地舉杯，我也端起酒杯一飲而盡。

接下來就開始熱鬧了，我們四個人沒有誰再表示拒絕喝酒了。我估計，莊晴今天一直沒有喝酒，所以她的酒量特別大，不過，還是經不住我們三個人的圍攻，不多久，她就開始興奮了。

我們三個人也都和她一樣。

後來，康得茂又去敬寧相如的酒。

寧相如斜著眼睛看著他道：「康處，你今天是要把我灌醉是不是？」

「你隨意，我喝完。」康得茂說，「今天我主要是高興。一是介紹你認識了馮笑，事情終於有了眉目；二是認識了我們未來的大明星莊晴小姐；三是，呵呵，沒有第三了，來吧，你隨意我乾杯。」

他說完後就喝下了那杯酒。

寧相如怔了一瞬，隨即也猛然喝乾了。

這邊莊晴竟然也來敬我了，「馮笑，今天我很高興，真的很高興。你知道什麼原因嗎？」

「舊地重遊，衣錦還鄉。」我開玩笑地道。

「不是。」她笑道。

「我知道了，事情談成了。」我說。

「這件事情雖然值得高興，但不是我覺得最高興的事情。」她卻這樣說道。

這下我頓時詫異了，「那是為什麼？」

「因為我終於見到了你。我在北京孤零零的一個人，每天吃便當，睡地下室，早就想回江南來了。今天我終於回來了，而且，這麼晚你還陪我喝酒。對了，還有這位漂亮的姐姐和這麼帥氣的帥哥在一起，我真有了一種回家的感覺。你說，我該不該高興？」她說。

也許是喝了酒的緣故，她的雙眼裏竟然淚汪汪的了。

我頓時感動起來，於是柔聲對她說道：「莊晴，我不是曾經對你說過嗎？這裏永遠都是你的家。」

「我太感動了，我也陪你們喝。」這時候，寧相如好像也被感動了，因為我發現她的眼裏有淚花在閃動。

「馮笑，我明白為什麼了。」康得茂歎息道，「你對人太真誠了，我應該向你學習。」他也舉起了酒杯。

接下來，莊晴又給她自己倒了一杯，然後對康得茂和寧相如說：「我敬你們兩個。寧姐姐，難道你看不出他很喜歡你嗎？還有你，康同學，你怎麼那麼膽小啊？喜歡人家就說出來啊？想當初馮笑……」

雖然我也喝得差不多了，但是她的話依然讓我大吃了一驚，急忙去制止她道：「莊晴，你喝多了。」

她大笑，猛地喝下了她手上的那杯酒，隨即伸出雙手將我的頸項環抱住，「你們看，我喜歡他，就直接表現出來，這樣多好。」

在她抱住我的那一刻，我的身體頓時就僵住了，但一瞬之後便猛然感到了一種感動與溫暖：她真的還是原來的那個她。

寧相如猛地喝下了她杯中的酒，隨即去對康得茂說道：「得茂，我怎麼會不知道你對我的那種感情？但是我一直在想，你能夠走到今天很不容易。我瞭解過你的過去，知道你曾經經歷過的一切，所以，我不想因為我的原因，讓你丟失掉你現在的一切。你是一個很有前途的人，而我算什麼呢？一個帶著一個孩子、離過婚的女人罷了。雖然我自信還有幾分姿色，但是，得茂，我真的不想害了你啊。你怎麼就不明白我的這一片苦心呢？」

康得茂端著酒杯呆住了。

這時候，莊晴卻癟嘴道：「寧姐姐，我不同意你的這個說法。男人喜歡女人，女人喜歡男人，大家互相喜歡就行了，哪來那麼多顧慮啊？你們活得累不累啊？真是的！」

我覺得這酒不能再喝下去了，再喝下去可能就真亂套了。而且，最關鍵的是，現在莊晴已經和她從前不一樣了，她很可能真的會成為人們矚目的明星，而她過去的那些事情，如果一旦被暴露出來的話，肯定對她有很大影響的。

於是，我急忙地說道：「好啦，今天到此為止吧。寧總，你的事情我會儘快去給你辦的。你放心好啦。今天大家都很高興，得茂是一位不錯的領導，也是一個好男人。有些事情，你們自己把握吧。」

「馮醫生，我還想喝點，可以嗎？」可是，讓我想不到的是，寧相如卻這樣對我說道。

這時候，莊晴把她的嘴巴湊到了我的耳邊，低聲地對我說道：「你傻啊？我們趕快離開啊。」

我頓時醒悟了過來，急忙地道：「這樣吧，讓得茂陪你喝吧。我和莊晴還有點事情。」說完後，我即刻拉起莊晴站了起來，快速地離開了。

在這樣的情況下，結賬已經不算是什麼事情了。而在我們江南有個規矩，在誰住家附近吃飯，就應該由誰付賬的。

我和莊晴出了小飯館後，朝前面走了幾步，忽然就聽到莊晴在叫我：「馮笑……」

我剛剛朝她側過身去，就頓時被她給抱住了。她的唇開始在我臉頰上狂亂親吻，並且，很快就到達了我的唇邊。我和她的舌即刻交織纏繞在了一起。四周頓時變得一片寧靜。馬路上的喧囂聲在這一刻驟然遠離而去，時間停止了流動，這裏變成了我們的二人世界。

她的吻熱烈而狂亂，讓我開始竟然沒有反應過來，但是在一瞬間之後，我頓時與她一樣了，我這才發現，自己內心裏對她的思念竟然是那麼強烈。就在這一瞬間，我和她熱烈與狂亂地纏繞在一起。她還是她，還是那樣的味道和感覺。

不知道過了多久，我們終於分開了。

她在喘息，「馮笑，我很久沒有嘗到你的味道了。真好。」

我輕輕將她擁住，「我也是。」

她又來到了我的臉頰邊，然後輕輕吻我，「馮笑，你真好。我發現自己愛上你了。怎麼辦？」

我頓時無語。

我知道自己也很愛她的，但卻不能像她一樣地說出口來。

「在北京的時候，我每天晚上都在想你，前幾天，我還在夢中見到了你。」她輕聲在說，將她的身體依偎在我的懷裏。

我頓時難以自已，「我也夢見了你。」

她離開了我，仰頭在看著我，「馮笑，你在夢中看到的我，是什麼樣子的？」

我心靈深處的激情頓時開始朝外噴湧，因為那個夢猛然變得清晰起來，彷彿就在我的眼前。「你穿著一條紅色的長裙，像電視上的那些漂亮女明星一樣正在朝外走來。我夢中的你顯得那麼高貴，那麼美麗，然後……」

「然後怎麼樣？啊，他們出來了。」莊晴問我的同時，朝著剛才喝酒的小酒館指了指，低聲對我說道。

我頓時看見，康得茂與寧相如一起出來了，而且，康得茂的手竟然在她的腰上！我急忙拉了莊晴一下，我們即刻進入到路邊的黑暗裏。

康得茂擁抱著寧相如走到了馬路邊，他朝一輛正在朝他們駛來的計程車招手。計程車停下了，康得茂在寧相如的耳邊說了句什麼，她在笑。隨即，康得茂到了計程車旁，我看見他好像拿出錢朝計程車司機遞過去，嘴裏同時說著什麼。

不一會兒，那位計程車司機從車上下來了，然後關門、鎖車，跟著他一起到寧相如的那輛白色寶馬前。

「他在請那位計程車司機代駕。」莊晴低聲地對我說道。

「嗯。」我說著，心裏想道：他們會去什麼地方？難道只是把她送回家？隨即便看見康得茂扶住寧相如坐到了車的後面，然後，他也上去了。

「他搞定了那個女人。」莊晴在我耳邊輕笑道。

「也許是送她回家呢。」我說。

「我們打不打賭？」她問。

「打什麼賭？」我問道。這時候看見那輛白色的寶馬已經開了出去。莊晴拉住我快速地跑到路邊，招手。

上了計程車後，莊晴吩咐司機道：「跟上前面那輛白色的寶馬，一會兒給你兩百塊。」

計程車司機頓時高興起來，「好！」一腳油門下去，計程車快速朝前面竄了出去。

「如果他們是去酒店的話，這兩百塊錢的車費你出。如果不是的話，就我出。」莊晴這才笑著對我說道。

我發現她還是像從前那樣調皮，「好吧。」

「我發現你和你那個同學都很傻。」她隨即笑了起來。

「我們怎麼傻了？」我莫名其妙。

「你們還不傻啊？明明今天你們兩個人想把她灌醉，但卻被那個女人那麼容易地就擋了回來。對了，你今後可要對你那同學講一聲，讓他好好感謝我。今天要不是我的話，他又失敗了。」她笑道。

我這才想起剛才喝酒的時候莊晴的那些表現出來，頓時恍然大悟，「對，一定要讓他好好感謝你。」

「馮笑，想不到，你竟然喜歡幹這樣的事情。嘻嘻！你現在和以前不大一樣了哦。」她隨即朝我輕笑道。

「我和你不是一樣的嗎？看著他那麼喜歡那個女人，而且他還是我同學，總得幫一下他嘛。」我笑道，心裏有一絲尷尬。

「兩個傻男人，哈哈！」她大笑，隨即指了指前面，「你看，下車了。馮笑，掏錢！」

我果然看見那輛白色的寶馬車正在朝一間酒店開進去，心裏頓時替康得茂高興起來：這傢伙，終於如願了。隨即掏出錢來朝駕駛員遞了過去。

「馮笑，你今晚回家嗎？」下車後，她問我道，雙眼看的卻是那家酒店的方向。

我心裏頓時一顫，一種異樣感覺頓時湧上心頭，「莊晴，你住在什麼地方？」

「你不回家的話，我們去開一個鐘點房好嗎？」她沒有回答我，依然在看著酒店的方向，低聲問我道。

「我們不去這裏，萬一碰上了他們就不好了。」我說，內心的意志早已經被她擊垮。

她的唇來到了我的耳畔，「這樣才刺激。」

果然沒有碰見他們。

剛剛進入到酒店大堂的時候，我心裏還惴惴的，我不是擔心被他們看見，而是怕破壞了他們兩人的事情。

開房後上樓。在電梯裏面我們就開始親吻。出了電梯後，我猛然將她橫抱起來，然後，快速到了我們的房間。

很快地，我們的衣服就被狂亂地扔向了房間的每一個角落，她依然是那麼的美麗，她的雙腿似乎更修長了，小腿也更加圓潤了。她開始親吻我，親吻我身體的每一個角落。我也在親吻她，親吻她身體的每一寸肌膚，一直親吻到她那雙美麗的小腿上面，她猛然地「咯咯」嬌笑，「馮笑，你還是那麼喜歡我的小腿啊？」

「它太美了。」我說。

「我現在可以做這個動作了。」她笑道，「你看看。」

我即刻停住了對她小腿的親吻，然後，她站了起來。我驚訝地看著她抬起了她的一條腿，「馮笑，我們就這樣來吧。」她對我說道。

我就那樣抱住了她……那種感覺和我夢中的一模一樣……

激情在我噴射的那一瞬間如同潮水般地退去。

我頹然地倒在床上，她躺在我的身側，彷彿已經睡著。

不知道過了多久，我忽然聽到她在輕輕地呼喚我，「馮笑……」她的聲音在房間裏面迴盪。

我側身看她，「我在呢。」

「你真好。陳圓真幸福。」她在歎息，聲音依然悠悠的。

我心裏黯然而慚愧，唯有將她輕輕地擁抱。

「你回去吧，我很對不起陳圓。但是，我實在忍不住。」她又說道，隨即在歎息。

「莊晴，你別說了。其實，我也無法控制自己。」我也歎息。

「馮笑，你知道嗎？今天和我夢中的你一模一樣。」她俯身來到我的胸前，親吻著我說道。

我頓時驚訝了，「是啊，和我夢中的也完全一樣。只不過，你今天沒穿紅色的長裙。」

「你說說，你夢中是怎麼樣的？」她即刻撐起了她的上半身，雙眼看著我道。

於是，我把自己的那個夢講述給了她，「在我夢中，你也是抬起了一條腿……」我說。

「我是按照我夢中的情景在做的……馮笑，難道我們兩個人有心靈感應？」她詫異地問道。

我也覺得很驚奇，「然後呢？你的夢後面還有什麼？」

「沒有了啊。」她說，隨即「咯咯」嬌笑，「我感覺和你好舒服，忽然，唉！忽然陳圓進來了，於是我就醒了。」

我頓時明白了：在她的潛意識裏面，存在著對陳圓的內疚與歉意，所以才會那樣。

「你呢？你的夢是怎麼樣的？不會也是因為陳圓出現就醒了吧？」她問我道。

我搖頭，當然不會把我的夢告訴她，「不是。我後來夢見你說你不叫莊晴了，叫夏小丹。」

「夏小丹？這個名字不錯啊。」她頓時笑了起來，於是問我道：「是那三個字？」

「我怎麼知道？只是聽你在說。不過，我覺得應該是夏天的夏，大小的小，還有丹藥的丹。夏天的一粒紅紅的藥丸。」我說。

她大笑，「不會是壯陽的藥吧？」

我也笑，「莊晴，你怎麼還是和以前一樣啊？不過，我倒是覺得，你今後真應該取一個藝名什麼的。假如你真的出名了，有些事情還是不要讓媒體知道的好。你說是不是？我想，我的那個夢，也許代表的就是這個意思，或者說我對你的這件事情有一種憂慮。」

「馮笑，我們都回去吧。明天早上導演發現我不在的話，不大好。你也回去吧，趁現在還早。」她卻這樣對我說道。

「好吧。你明天真的要回北京？」我問道。

「是的，要回去試鏡。」她說。

「是一部什麼樣的電影？」我問道。

「不是電影，是電視劇。一部諜戰劇，我出演女一號。男一號是湯志強呢。」她回答說。

「不會吧？」我很是驚喜，因為湯志強可是國內知名的男演員，「莊晴，你這下可遇到好機會了，能夠上名導演的戲，而且還與那麼知名的男演員配戲，很容易出名的。」

「但願吧。」她說。

「想不到，未來知名的漂亮女明星竟然是我的女人。嘿嘿！我馮笑何德何能啊？」我頓時笑了起來。

「你就得意吧。」她也笑了，「馮笑，我從內心裏面感激你的。林老闆私下對我說了，那筆投資是你在他公司的股份，只不過是他在替你操作罷了。馮笑，你娶陳圓是對的，這樣可以讓你少奮鬥很多年。我說啊，你乾脆不要當那個什麼婦產科醫生了，你現在那麼有錢了，何必呢？」

我不好告訴她那個專案的事情，而且，在心裏詫異林易為什麼會對莊晴那樣講，「莊晴，我什麼都不會做，除了當醫生。你也知道的，我這人閒不住。」

「也是啊。」她歎息，「好了，我們快起來吧，不然的話，陳圓會懷疑的。對了，一會兒你再去買一瓶酒，喝了再回家吧，免得陳圓懷疑我和你在一起。你看，她直到現在都沒打電話給你，肯定在家裏傷心呢。」

「不會的。」我說。但是，我心裏已經惴惴不安了。

我的手一直在她柔嫩的肌膚上面，「莊晴，我們再來一次吧，反正都已經犯錯誤了，不知道今天過後，什麼時候才能再和你在一起呢。」

「馮笑，我們上輩子肯定是冤家。」她在我的懷裏輕笑……

第二章

男色

開著車離開了民政廳，我心裏不禁在想：
馮笑，你這算什麼？用男色去交換專案？
隨即搖頭，不是的，我和她互相還是有好感的，
而且我們已經不是第一次了。
不知為什麼，我發現自己沒有內疚的感覺，
對陳圓。也許是我已經麻木了。

在回去的路上，我發現一家大排檔還在營業，而且還有幾個人在那裏喝酒。我下車去買了一瓶二兩裝的白酒，搭車到家的樓下才打開酒瓶一口喝下，立刻酒意就上來了。

今天晚上我本來喝得比較多，有些過量，雖然和莊晴做了兩次後變得清醒起來，但當我將這二兩白酒喝下去之後，身體裏面沉積的酒精頓時發揮了作用。

下了電梯，我忽然想打電話。不知道為什麼，就是想打電話。我發現酒精的作用不僅僅在於它可以讓人興奮，而且還可以讓人衝動。

現在，我就忽然有了一種衝動，想給康得茂打電話。或許是我忽然覺得應該去關心一下他，也許是我對他今天晚上的事情很好奇，抑或是忽然有了惡作劇的念頭。

「你怎麼這麼晚打電話來？」電話通了很久他才接電話，我有些詫異，因為他的聲音有些沙啞。

「搞定了沒有？」我問道，隨即發出一陣怪笑。

「啊，馮笑，那件事情明天再說吧。我剛剛回家，我沒事，謝謝你的關心。喝多了，你酒量太好了。」他說道。

我一怔，頓時明白了。很明顯，他老婆正在他身邊。於是，我急忙壓斷了電話，頓時覺得有些好笑，同時，還有一種遺憾，不知道他今天晚上的感覺怎麼樣？

現在已經接近午夜，所以我是自己用鑰匙開的門。

客廳裏面已經沒有了燈光，我心裏暗暗鬆了一口氣，隨即去打開臥室的門，陳圓卻還沒有睡，她正半臥在床上看書。

我步履蹣跚地朝她走了過去，「幹嗎還不睡覺？」

「哎呀！你身上好大一股酒味。」她的手在鼻子前面搧動，「快去洗澡，你這樣會把孩子熏到的。怎麼又去喝酒了啊？」

「和同學談事情，談高興了，後來就說出去喝酒。就在我們樓下的小飯館裏。後來莊晴打電話來了，她說她也要來喝酒。結果就喝醉了。康得茂也是剛剛回家，他也醉了。」我說，說得有些混雜不清。

「那你快去洗澡吧，然後去客房裏面睡。我害怕你把孩子熏到了。」她說，責怪的語氣。

「好，那我去洗澡了。」我的身體搖搖晃晃的。不是裝出來的，是真的醉了。

「你先去放熱水，我給你拿內衣褲和睡衣來，快去吧。」她說，同時在朝我笑。

我蹣跚著腳步走了出去，然後到了洗漱間裏面。

熱水在我身上「嘩嘩」地流淌，我內心的慚愧卻無法被沖刷掉，不住在心裏歎息。我不知道今天自己所做的一切，是對還是錯。

陳圓拿了衣服來，她在敲洗漱間的門。

「門沒關。」我說了句。

於是她進來了。

「真的喝醉了啊？你看你，把衣服都掉在地上了。」她說，隨即問我道：「要我給你搓背嗎？」

「不用了，我馬上就好。」我說，聽見自己的聲音是含混不清的。

「自己還是醫生呢，怎麼這麼不愛惜自己的身體啊？酒喝多了對肝臟不好，你是知道的啊。」她責怪了我一句後出去了。

我內心的慚愧更深了。

現在，我心裏開始矛盾起來：是不是應該告訴她實話？馮笑，你做了那樣的事情，應該告訴她才對。不，我不能告訴她，她懷有身孕，我不能讓她不高興。既然明明知道她會不高興，幹嗎還要去做讓她不高興的事情呢？

可是對莊晴呢？難道就真要和她斷絕關係了？我是喜歡她的啊，而且她也在喜歡我呢……

熱水「嘩嘩」地沖刷著我的身體，我呆立在水龍頭的下方，腦子裏面糨糊一般思緒紛繁。「哥，你沒事吧？怎麼洗了這麼久還不出來？」一直聽到陳圓的聲音，我才霍然驚醒過來。

一覺睡到天亮，整夜無夢。

吃早餐的時候，陳圓依然在睡覺。最近一段時間她都是這樣，特別喜歡睡懶覺，所以，我也就沒有去叫醒她。

「姑爺，昨天晚上她出去找你了。」保姆過來低聲地對我說了一句。

我猛然地驚住了。

當保姆告訴我這句話的時候，我頓時驚呆了。我萬萬沒有想到，陳圓會那樣。我心裏頓時複雜了起來，腦子裏面一片混亂。

我在想：陳圓怎麼可能知道我去了什麼地方呢？對了，我告訴過她，我們在茶樓裏面，難道她會去茶樓裏面找我？忽然想到寧相如先離開，然後我才與康得茂下樓去喝酒的，而且，寧相如和莊晴還是後面才來的，頓時心裏放鬆了許多。

不對！昨天晚上我對陳圓說莊晴也來喝酒的事情時，她好像並不吃驚的樣子，難道她看見了我們在一起？那麼，我和莊晴在街邊擁吻，然後去酒店的過程，她也看到了嗎？想到這裏，我心裏再次緊張了起來。

我不是害怕陳圓什麼，只是不想她像趙夢蕾一樣再次受到傷害。這才是我緊張的最根本原因。

保姆低聲地告訴我那件事情後，就去到了廚房。現在，我覺得自己必須要搞清楚幾件事情，於是，急忙朝廚房裏面走去。

「阿姨，陳圓她昨天晚上什麼時候出去的？」我問道，聲音很小。

「你走後大約半小時吧。」她回答。

「出去了多久？」我又問道。

「沒多久，也不過半小時。」她說。

我在心裏計算時間：我和康得茂、寧相如在茶樓裏說了大約半小時的話，寧相如離開後，我又與康得茂談了大約十來分鐘的事情，隨後，我們倆去到了樓下的小飯館。而寧相如和莊晴是在我和康得茂坐下後接近二十分鐘後才到的。也就是說，陳圓很可能並沒有看到寧相如和莊晴的到來。

原來自己僅僅是虛驚了一場。陳圓完全相信了我昨天晚上一直在喝酒的事情，而我說到莊晴也來了的時候，很可能被她認為是我的一種誠實與坦然。正因為如此，她今天才依然能夠像她往常一樣的睡懶覺。

「阿姨，別讓她知道你告訴我的這件事情。還有，她現在懷有身孕，你要提醒她，不要讓她晚上出去，外面氣溫很低，感冒可就麻煩了。」我吩咐了她一聲。

「嗯，今後我會注意的。」她說。

「陳圓沒在你面前發脾氣吧？」我問道。我有些擔心保姆受到委屈。我是醫生，在醫院裏面經常看到那些從鄉下來的病人被別人歧視，我很同情他們。所以，我不想在自己的家裏出現這樣的事情。

「沒有，小姐她對人很和氣的。」保姆回答。

我始終相信一點，沒有人願意永遠處於貧困的狀態，很多人是沒辦法。比如康得茂，他家裏的狀況完全是他沒辦法改變的，而現在，他通過自己的努力改變了一切。所以，我覺得任何人都沒有權力去看不起貧窮的人。

現在這個社會，社會底層的人要得到財富會比登天還難，而農村的孩子想要出頭就更難了……康得茂那樣的人畢竟不多。

由此，我發現自己頓時理解康得茂為什麼既恨我們那位曾經的班主任，又感激他了，同時我似乎也理解了昨天晚上寧相如所說的那番話。

我不禁想：也許寧相如真是一位心地善良的好女人，因為她可能真是怕自己會斷送了康得茂的前程。因為她知道，康得茂能夠到今天有多麼不容易。

吃完早餐後，我給常育打電話，「我想和你說件事情。」

「電話上說方便嗎？」她問。

「最好當面說。」我回答道。

「你等等，我看看今天的安排。」她說，一會兒後才對我說道：「中午我們一起吃飯吧，怎麼樣？」

「中午我有個安排。莊晴從北京回來了，我和林老闆中午要和她一起吃頓飯。」我說道。

「莊晴？林老闆和她什麼關係？」她詫異地問。

「是這樣，莊晴在北京發展得很不錯，林老闆最近投資了一部電視劇，那位導演到我們江南來了，主要是談合作的事情，林老闆的意思是，希望莊晴能夠出演裏面的一個角色。」我回答說，沒有說得那麼詳細。

「林老闆對你還真不錯。」常育頓時笑了起來，她是聰明人，一聽就明白了。

「這樣吧馮笑，你現在就到我辦公室來。我還有一個小時的時間，一會兒有個會議。」

「我馬上過來。」我說。

「你知道我們民政廳在什麼地方嗎？」她問。

「上次我們在你們單位外邊吃過飯的啊？而且，我以前和宋梅一起到你辦公室去過。」我說。

「對，我怎麼忘了？看來我真是老了。你快點吧，我等你。」她說道，隨即掛斷了電話。我可以想像她忙碌的程度。

我離開家的時候陳圓還沒有起床，我不想去打攪她，於是急忙下樓開車。不到二十分鐘就到了省民政廳，向門衛說明了我是誰後，對方即刻變得熱情起來，親自從門崗裏面出來，指揮我停好車，然後帶我上樓。

上次到她辦公室距離現在很久了，那時候沒怎麼注意她這裏。今天，我才發現她的辦公室很寬大，而且很氣派。

「快來坐。」常育笑吟吟地站了起來，並親自給我泡茶，然後，我們到會客區的沙發上坐下。

她坐到了我的對面，笑眯眯地看著我，「今天怎麼看上去臉色不大好？」

「昨天晚上喝多了。」我笑著說，「和我同學一起。就是省委組織部的那個同學，他現在是什麼綜合處的副處長。」

她點頭，「我記起來了，你曾經對我講過。綜合處？不怎麼樣啊？看來他沒什麼背景啊。」

「他就是想認識你呢。姐，其實你不知道，他家是農村的，以前很窮，他能夠到今天，相當不容易，我很佩服他。」我說道。

她點頭，「看來他最近經常和你在一起啊。你看吧，約個時間大家一起吃頓飯。今天晚上怎麼樣？你那個小情人今天在不在江南？或者把她一同叫上？」

「她下午回北京。」我說，心裏對她那樣稱呼莊晴感覺不大舒服。

「那我把洪雅叫上吧，你覺得怎麼樣？」她笑著問我道。

「行。」我說。

「我想看看你那同學的人品怎麼樣。」她笑道。

「什麼意思？」我沒有搞明白。

「俗話說，飽暖思淫欲，你那同學和你不一樣，你沒受過多少苦。所以，我想看看他在美女面前的表現怎麼樣。對了馮笑，你不要把我的意圖告訴你那同學啊。以前，你介紹宋梅和我認識，結果差點搞出大事情來，現在你可要注意了。記住，交朋友可是要擇人的。」她隨即嚴肅地對我說道。

我點頭，忽然覺得寧相如的事情不好說出口了。

「你不會就因為這件事情來找我吧？」她接下來問我道。

「就這件事情。還有就是，想來看看你，我覺得好久沒見到你了。」我說，忽然發現自己還真的有些想她，所以說出的話充滿了感情。

她滿眼柔情地看著我，「其實我何嘗又不是呢？」隨即站了起來，「你等我一下。」

我看見她去到她寬大的辦公桌處，拿起座機的話筒，隨即撥打了幾個號碼後說道：「劉主任，麻煩你通知一下，今天的會議延後半小時。我有一件緊急的事情要辦。」

我愕然地看著她，發現她正轉過身來，朝我露出迷人的笑容。

短暫的激情過後，我對她說：「姐，我覺得你還是得小心些的好。你說呢？」

「我馬上要調離這裏了，或許今後就方便了。」她說。

我很是詫異，「你不是才到這裏不久嗎？」

「民政廳缺一位正職，我直接升任不大合適。所以，組織上想讓我到省城周邊的一個市，去任市委書記。」她說。

「姐，祝賀你啊。今天晚上，我得多敬你幾杯酒。」我頓時替她高興起來。

「哈哈！」她大笑，「不和你說笑了。我得馬上去洗洗才行。對了，今天晚上，你不要說我的這件事情啊。組織上還沒有下文呢。估計還有一個月左右的時間。個別領導徵求過我的意見了。」

「嗯。」我心裏在想，是不是告訴她寧相如的那件事情。

不一會兒，她從洗手間裏出來了。

「姐，公墓那個專案，是不是由你決定與誰合作？」考慮再三，我終於問了她一句。

「你有熟人想做？」她問道。

我點頭，「我一個老鄉。」

「男的還是女的？」她問道。

「女的。」我說，心裏在想：她怎麼會問我這個？

「很漂亮是吧？」她繼續地問，臉上是怪怪的笑容。

我不禁苦笑，「是，但是我和她沒有關係。姐，你別這樣看著我。我覺得這女人還不錯，完全是靠自己打拼起來的。」

她癟嘴道：「女人長得漂亮了，即使她不想去接受潛規則，也不行的。」

我頓時默然，一會兒後說道：「姐，如果你覺得為難的話，就算了。我只是順便說說。真的。」

「現在沒時間和你說這件事情了。這樣吧，你把她公司的名字用簡訊發給我。對了，她報名沒有？」她再次看了看時間。

「報名了。姐，你看看她公司的資料吧，如果與你們要求的差距太大就算了。」我說。

「基本合適也不行。我只能在同等條件下，優先考慮。馮笑，我只能做到這一點。」她說。

我頓時笑了起來，「這樣就已經很不錯了。」

她看著我，「馮笑，你真的這樣想？」

我點頭，「是啊，你也很不容易的，我完全理解。」

她朝我點頭，「好了，我們出去吧，你馬上離開。」

開著車離開民政廳，我心裏不禁在想：馮笑，你這算什麼？用男色去交換專案？我隨即又搖頭。

不知道為什麼，這一次，我發現自己竟然沒有內疚的感覺，對陳圓。

也許，是我已經麻木了。

車開出去沒多遠，就接到了上官琴的電話，「馮醫生，中午十二點在維多利亞大酒樓一號包間吃飯，你要準時來啊。」

「好，我一定。」我說。

「中午可能要喝酒，我讓小李來給你開車吧。」她又說道。

我想了想，「好吧。」

電話被她掛斷了，我拿著手機，忘記把它放回去。因為她剛才稱呼我「馮醫生」，這讓我忽然想起那天晚上我給她檢查的事情。握在方向盤上面的手，頓時喚起了對她那個部位的記憶。

「唉！」我不禁歎息了一聲。

我的這一聲歎息，表達了我此刻的複雜心情，因為我發現，自己又回到了從前那樣的生活狀態裏面去了。女人，那些漂亮的女人，我將永遠無法遠離她們。

將車停在馬路旁邊，我開始給康得茂撥打電話，「今天晚上，常廳長說要和你一起吃飯。」

「我馬上去安排。」他的聲音頓時激動了起來。

「我們一共四個人。加上你。」我說。

「還有誰？」他問道。

「我也不知道。常廳長說她是兩個人。」我按照常育的吩咐，沒有告訴他實情。

「好，我訂好房間後，馬上告訴你。」他說。

「寧相如的事情我也給她講了。你讓寧相如把她公司的全名發給我。常廳長只答應在同等的情況下，優先考慮。」我又說道。

「我讓她馬上給你發簡訊。」他說。

我頓時笑了起來，「得茂，昨天晚上怎麼樣？搞定了嗎？」

「你那時候給我打電話，嚇了我一跳。我老婆就在我旁邊呢。幸好你後來懂了。」他說，「你這傢伙，肯定和那個姓莊的美女太興奮了，才想起來騷擾我吧？你太壞了。」

「別胡說，我沒有，我可是喝醉了就回家了。這件事情，我們倆得統一口徑啊，我對我老婆也是這樣說的。下次她們兩個人碰面了，搞不好要露餡的。」我笑著對他說道，心裏在想：這傢伙，昨天晚上肯定搞定了。

「哈哈！你還不承認！你放心吧。我給我老婆也是這樣說的呢。唉！昨天晚上差點就搞定了，結果剛剛把她的衣服脫完，她酒就醒了，說什麼都不願意了。唉！」他在電話裏面唉聲歎氣。

我很是詫異，「為什麼？」

「她例假來了。」他說。

我哭笑不得，「你傻啊？她來沒來例假，難道你看不見？女人要用那玩意的啊？你脫光了人家，難道沒看見？」

「看見了啊，所以才抓狂呢。」他說。

「那你們幹嗎還在酒店裏面纏綿那麼久？起碼有兩個小時吧？」我笑著問他道。

「她胃不好，後來吐了。我照顧了她很久，一直到她睡著了才離開。」他說。

我大笑，「真有你的。這次不行，下次估計就水到渠成、瓜熟蒂落了。」

「這還不是你教我的？你不是說要對女人好嘛。」他笑道，「好啦，我馬上去訂座。然後告訴你地方。對了，常廳長喜歡喝什麼酒？酒店裏面的假酒很多，到時候我自己帶酒過去吧。」

「她哪裏喜歡喝酒？這樣吧，五糧液和紅酒都帶點吧。到時候根據情況再說。」我說道。

掛斷電話後我不禁想道：這傢伙看來有些名堂，家裏好像啥酒都有似的。

不一會兒，寧相如就打電話來了，「謝謝你馮醫生。」

忽然想起她昨晚上與康得茂的事情來，頓時覺得好笑，差點笑出來，急忙斂住笑容道，「沒事，我答應了的事情肯定會辦的。不過，你要合乎人家的招標條件才行啊。現在，當領導的也不容易。」

「這個我明白。」她說，「從他們的招標條件來看，我公司是完全符合的。但是，如果沒有關係的話，肯定沒希望。」

「那就好，你馬上把你公司的全名發給我吧。」我說。

「好。」她說，隨即問我道：「聽說，你和康得茂晚上要與常廳長一起吃飯？我可以參加嗎？讓我來安排好了。」

我頓時對康得茂不滿起來：這傢伙，怎麼把這件事情告訴她了呢？不行，我下次得提醒他一下，不然，今後很容易被女人壞事的。

對於常育安排的事情，我現在非常小心了，因為她明確告訴過我，今天晚上就我們四個人。「今天晚上可能不行。寧總，有些事情你還是暫時不要出面的好，現在的事情很複雜呢。你明白我的意思嗎？」我還是婉言對她說出了我的理由。

「好吧。」她說。

到了我住的社區，將車停下後，我看見了手機上面寧相如的那則簡訊了，隨即把它轉發給了常育。

「我中午不想去吃飯。我覺得身體不大舒服。」陳圓對我說。

「我給你檢查一下看看。你也知道的，我管的病床暫時沒有空位，總不能去住其他醫生管的病床吧？而且，要住的話就要住單人病房，這樣我也好照顧你的事情。現在暫時在家裏住著，堅持吃藥。」我說道。

我隨即給她檢查了一下，沒發現有什麼大的問題。

「很好啊。血壓稍微有點高。水腫也控制住了。孩子的胎心音也很正常。中午還是和我一起去吧，你見見莊晴也好啊。」

「我不是不想去見她，只不過，我不想參加那麼多人的聚會。哥，我真的不想去了，這樣吧，你們吃完了飯，我和你一起去送莊晴姐好了。我想在家裏吃飯，酒店裏面的飯菜味精太重，我吃了會不舒服的。」她說。

「好吧。」我說。

剛剛說完，就接到了一個電話，是我科室裏的護士長打來的，「馮主任，你管的單人病床空出來一間了，你現在來嗎？」

「當然，麻煩你幫我把住院手續辦了，我到了後去交錢。謝謝你啊。」我急忙地道。

「這沒問題的。」護士長說，「這樣吧，你們等一個小時後到。我讓人把那間病房的地毯換一下，再消毒一次。」

「太感謝了。」我說。

單人病房裏面完全是按照酒店的標準在佈置，地上鋪有地毯，沙發什麼都有，廁所裏面也是坐便器，還配有淋浴，甚至還可以做簡單的飯菜，因為裏面還有一個小冰箱和天然氣灶。

但是，一般情況下，前面一個病人離開後下一個病人馬上就住進去了，很少有時間對那裏進行徹底的消毒。

現在就是這樣，越是高級的地方，就越受歡迎，很多人根本不會考慮價格的問題。所以，秋主任不止一次地感歎過：早知道這樣的話，當初就應該多設幾個那樣的病房了。

「今天中午吃飯的事情我也去不了了。」我對陳圓說。

「為什麼？」她詫異地問我道，臉上帶著一種欣喜，完全是她的自然流露。

「醫院的病床空出來了，我們得馬上去。」我說。

「下午或者明天去不行嗎？你還是應該去吃飯的。」她說。

我搖頭道：「醫院的單人病房很擠，如果空在那裏不讓別的病人住，人家肯定會有意見的。現在的病人都很聰明，她們會自己跑到病房去看。剛才我已經讓護士長去辦你的住院手續了。」

「讓阿姨陪我去就行了，或者，你辦完住院手續就去吃飯吧。」她說。

我想了想，隨即說道：「這樣吧，我先給林老闆打個電話說一聲，就說我要晚點去。你看，現在肯定來不及去吃飯了，辦完手續後，起碼十二點過了。」

我隨即給林易打電話，把情況對他講了一遍。

「這樣啊，那你就最好不要來了。遲到對人家不大禮貌。他畢竟是知名的導演。幸好我沒有告訴他具體還有哪些人要來。這樣，你給莊晴說一聲，我想她會理解的。馮笑，小楠的事情現在是第一位的，千萬不要出什麼差錯。你燕妮阿姨下午會去看小楠的。對了，就讓你家的保姆去照顧小楠吧，你說可以嗎？」林易說道。

「好吧。」我覺得他的考慮是對的，隨即想起一件事情來，「你讓小李別來了。」

「馮笑，也只有你才會為了這樣的小事情來麻煩我。駕駛員的事情，多大的事啊？」他大笑著壓斷了電話。

我不禁苦笑，頓時覺得自己好像變得有些婆婆媽媽的了。

莊晴聽到我不能去吃飯的事情後，倒沒有說什麼，「好吧，反正是一般的酒會。今天上午，林老闆已經和導演簽約了，事情已經定下來了。馮笑，你告訴陳圓，就說我很想念她，也希望她能夠一切順順利利的。」

「那你和她說句話吧，她就在我身邊。」我說。

我明顯感覺到她與陳圓之間已經出現隔閡了，心裏不禁歎息。

「好吧，你把電話給她。」她猶豫了一瞬後才說道。

我把手機遞給了陳圓，「你莊晴姐要和你說話。」

「莊晴姐……」陳圓在說，我看了她一眼，然後到了書房裏面。我不想聽她們怎麼說話。也許我不在的話，她們兩個人說起來還方便一些。

過了大約十分鐘，我聽到陳圓在外面叫我，「哥，莊晴姐還要和你說話。」

我即刻出去，看見陳圓笑臉如花的模樣，頓時笑著問她道：「怎麼啦？她給你說了什麼好事情？」

「她自己跟你說。」她笑著把手機遞給了我。

我接過電話，「莊晴，你和陳圓說了什麼？她這麼高興？」

「我說了，你們的孩子出生後，我要給他當乾媽。你同意嗎？」她問我道。

「怎麼會不同意？你今後就是我們孩子的乾媽了。」我笑道，心裏也高興起來，「這下好了，我們家孩子今後有一位大明星當乾媽了，等他長大了，就讓你好好培養培養。」

「討厭！」莊晴笑道，隨即問我道：「你們怎麼還不去醫院？」

「馬上。」我說，再次向她道歉，「對不起啊，今天特殊情況，實在不能來送你了。本來應該敬你一杯酒的，祝賀祝賀你。」

「昨天晚上不是已經祝賀過我了嗎？兩種方式都祝賀過了。」她小聲地道，隨即「咯咯」笑著壓斷了電話。

我心裏頓時一盪。

現在，我才知道醫院辦理入院手續的麻煩。雖然護士長已經辦好了科室裏面的一切，但是，醫院入院部那裏還是花費了我很長的時間。等到我親自給陳圓開完醫囑，時間已經到中午一點過了。

下午的時候，施燕妮來了一趟，她拉著陳圓的手絮絮叨叨地說了很久。我覺得她可真夠囉唆的，頓時知道陳圓為什麼會受不了了。

然後，陳圓躺在床上一邊輸液一邊睡覺。我坐在沙發上看書。病房裏面很安靜，我看著書，卻竟然睡著了。

晚上的事情不好推脫，所以，我給陳圓講了一聲後，就準備離開。

「晚上你回家去睡覺吧，我不需要陪的。」陳圓對我說。

「說好了阿姨陪你的啊？就在病房裏面搭一個小床，病房裏面有的。」我說，

「對了，從明天開始，就讓阿姨在這裏給你做飯吧。雖然這裏不能炒菜什麼的，但是燉湯可以啊。如果你想吃什麼其他東西的話，我去外面給你買。」

「哥，這是我第二次到這裏來住院了，但是，我心裏感覺好害怕。」她說。

我頓時明白了，「好吧，那我陪你。讓阿姨每天回去做飯，然後送來。」

「可是，我距離生孩子還有好幾個月呢。」她說。

我頓時笑了起來，「傻丫頭，誰說讓你一直住在這裏啊？等把你的高血壓和水腫完全控制住了，我們就回去。等你生產之前再來。這裏可貴了，這樣住幾個月，我們可要破產了。」

她頓時笑了。我發現她的笑好可愛。

第三章

酒後見真人

「馮笑，你怎麼說？」常育笑著問我，
眼神裏面似乎帶有一種東西。
我頓時明白：她是想把康得茂灌醉。
酒後見真人，她想看康得茂酒後是什麼狀況。
我不禁苦笑：這樣我付出的代價也太高了吧？

晚上，我沒有開車，一是想到要喝酒，二是我不想讓常育看到我開這樣的車，這輛車畢竟不是我自己買的。

我到的時候，康得茂早已經到了，不過，常育和洪雅還沒來。康得茂看見我的時候，頓時高興了起來，「太好了，你快來點菜，我不知道她喜歡吃什麼。」

我笑道：「其實我也不知道。我和她每次在一起吃飯的時候，要麼是別人點的，要麼是她自己點的菜。我沒發現有什麼特別的。對了，她好像喜歡點素菜。」

「點素菜？這不大好吧？」他說。

「我不是說全部點素菜，只是素菜多點一些就是了。女人嘛，很注意保持自己的身材。這樣，讓服務員幫我們安排一下，就兩個要求，一是菜品精緻一些，二是素菜稍微多一些。按照兩百塊一個人的標準點吧。」我說。

「少了點吧？每個人一個鮑魚虫就得幾百呢。」他說。

「這裏又不是沿海，幹嗎要吃海鮮？而且，我告訴過常廳長你的情況，她知道你以前的家境貧窮。所以，我覺得還是不要那麼奢華的好。不然，她會對你產生不好的印象。菜品精緻一些就是了，不要那麼昂貴的東西。你想想，她什麼沒吃過？難道今天只是為了吃你一頓飯來的？」我說，其實已經是在提醒他了。

「馮笑，謝謝你。你真夠哥兒們。」他真誠地對我說。

「你感動得流淚才好呢。」我笑道。

他去對服務員說了菜的標準，回來後，常育還沒有到。我拿起電話給她撥打，但剛剛通了就被她給掛斷了。

「怎麼了？」康得茂看見我臉色有點不對勁。

「剛剛通就被她掛斷了。」我說。

「肯定在開會，或者有事情。這很平常，領導都這樣。」他說。

「她不會不來了吧？」我有些擔心。

他搖頭，「不會。如果她來不了的話，肯定會給你說一聲的，打電話或者發簡訊。」

他正說著，我就發現自己的手機進來了一則簡訊，是常育發來的。

我看著簡訊對康得茂說：「果然是在開會，她說會議馬上結束。」

其實，我剛才很擔心常育因故不來參加今天晚上的晚餐了。倒不是其他，而是覺得自己會很沒有面子。

康得茂是我同學，他對我如此推心置腹，如果常育今天不來的話，我會感到難堪的。

康得茂看著我笑，「馮笑，常廳長很給你面子的啊。這麼忙，都沒有推掉今天的事情。」

「她答應了總是要來的。」我說道，心裏也在感激著常育。

「那可不一定。如果她不是很看重你的話，完全可以推掉。當領導的人，隨時可以改變主意，有時候，甚至連一句道歉的話都不會有的。」他笑著說。

「不會吧？」我覺得有些不可思議，領導也是人啊，他們更應該懂得人與人交往的禮節。

「領導是最講究身分的人。他們在自己的上級或者同一個級別的人面前，當然會講究各種禮節，甚至還非常的講究，但是在自己不在意的人面前，那就不一定了。這也是領導威嚴的體現。」他說。

聽他這麼說，我頓時覺得領導好像有些另類了，於是笑著對康得茂道：「你今後不也要變成那樣啊。」

他搖頭而笑，「我不敢說自己完全不會那樣，但是，一定會注意，儘量與自己的下級親和一些。其實，當領導的對下屬慈祥一些、親和一些的話，會讓人覺得他更有威信的。不過，很多領導不願意。因為從常理上講，很多領導認為與下級打成一片是一件很失身分的事情。很多領導認為，與下級保持一種距離，才會顯示出自己的高高在上，他們要的就是那種下級在自己面前唯唯諾諾、俯首貼耳的感覺。其實他們不知道，領導的親和力比高高在上更有分量。」

我笑道：「也許你還沒有上升到更高的位置，說不定，到時候你也會那樣的。」

「我說了，我儘量不會那樣。我是從農村出來的人，而且，在最底層幹過。其實，一個人只要想到一點，就不會那樣去做了。」他說。

「想到什麼？」我問道。

「感恩。」他回答，神情嚴肅，「一個人只要知道感恩，從自己的內心真摯地感激這個社會對自己的恩惠，他就永遠不會讓自己高高在上的。

「我們現在的很多幹部卻認識不到這一點，他們只是認為，自己的位置來自於某位領導的提攜，所以，他們感恩的僅僅是某個人。馮笑，你發現過沒有？凡是那些從基層一步步走上去的人，往往都比較親民，而那些長期坐機關、特別是那些秘書出身的人，往往卻比較高傲。」

我搖頭，「那不一定。」

他大笑，「有些事情很難用語言描述，你慢慢體會才能明白的。」

正說著，洪雅到了，就她一個人。

「常姐還有一會兒到，我先來了。」她進來後，笑著對我們說道。

我點頭，隨即把康得茂介紹給了她。忽然想起常育對我說的話來，心裏怪怪的感覺。

「康處長，幸會啊。」洪雅看著康得茂笑面如花，漂亮的臉龐上透出迷人的風采。

「洪小姐，我很奇怪呢。」康得茂笑著對她說。

她詫異地問：「你奇怪什麼？」

「不知道是怎麼了，現在的女老闆怎麼都是美女啊？看來，我以前的看法錯了。」康得茂搖頭說道。

「你以前是什麼看法啊？」洪雅頓時被他的話吸引了。

「以前我以為，美女都是花瓶，現在看來我錯了。美女原來都很聰明，甚至可以幹出一番大事業來。」康得茂正色地說。

洪雅一怔，隨即大笑，「康處長，謝謝你的讚揚。」

我在旁邊也笑，覺得康得茂奉承人的方式還真是不一樣。隨即，我對洪雅說道：「你看看服務員安排的菜品，看看合不合適？你才最知道常姐喜歡吃什麼菜。」

她從服務員手上接過安排好的菜單，「不錯啊，誰點的？」

見康得茂正準備說話，我急忙地道：「康處長說了個意思，服務員安排的。」

「不錯，加兩個甜品就是了。」洪雅說。

「按照她說的辦。」康得茂即刻對服務員道。

十分鐘後，常育到了，她在道歉：「不好意思，現在的會太多了，而且一開就沒完沒了。」

「現在講民主決策，反而耽誤時間。其實，最終還是得一把手說了算。這種形式究竟是好還是不好，很難說的。」康得茂說道。

常育看著他笑，「你就是馮笑的同學吧？不錯，不愧是省委組織部裏面的處長啊。」

「常廳長，我叫康得茂。謝謝常廳長的誇獎。不過我才疏學淺，今後還需要向常廳長多多學習才是啊。」康得茂謙虛地說道。

「我早就聽馮笑介紹過你的情況了，今天見到你非常高興啊。別那麼客氣，今後大家都是朋友了。」常育淡淡地笑道。

「這是我的真心話。常廳長可是我們省最有作為的女領導呢，你的很多經驗都需要我們學習和領會。而且，我今後還需要你多多教誨、多多提攜呢。」康得茂真摯地道。

我注意到了，他說的是「你」而不是「您」，頓時明白了他的意思——他不希望把常育叫得太老。

常育笑道：「人們都是怎麼說的？跟著組織部，天天有進步。我算什麼啊？小康，客氣的話就不好再多說了，這樣的話，我可就吃不下東西了。今天晚上我們不要談工作，就談談一般的事情，大家一起喝點酒。當然，工作上的事情今後肯定是要談的，不過來日方長嘛。」

我急忙地道：「姐說得對。今天晚上，我們兩個對兩個喝酒好不好？對了，酒是得茂自己帶來的，有白酒和紅洒，姐，你看喝什麼好？」

她看了我一眼，「這樣吧，我和你一起，小康與洪雅一起。我和洪雅喝紅酒，你們兩個喝白酒，怎麼樣？」

「好。」我當然不會反對她的提議。

康得茂也說了聲「好」。

我忽然想起一個問題，「姐，如何定量呢？我們喝多少白酒才能對你們的紅酒呢？總得有個標準吧？」

「小康帶了多少瓶白酒和紅酒呢？」常育問道。

「白酒帶了三瓶，紅酒四瓶。」康得茂回答說。

「這樣吧，你們兩個每人喝一瓶白酒，我和洪雅喝三瓶紅酒吧。剩下的再說。」常育笑道。

我不禁駭然，「姐，我可喝不了一斤白酒，會醉的。」

「小康怎麼樣？你可以喝多少白酒？」常育於是問康得茂。

「我最多喝半斤，八兩的話，會醉得人事不省的。」康得茂苦笑著說，「不過，常廳長既然說了，我就喝一瓶吧。」

「馮笑，你怎麼說？」常育笑吟吟地問我，眼神裏面似乎帶有一種東西。我頓時明白了：她今天的目的，是想把康得茂灌醉。俗話說，酒後見真人，她是想看看康得茂酒後是一種什麼樣的狀況。

我心裏不禁苦笑：這樣一來，我自己付出的代價也太高了吧？不過，現在我不好再反對了，「好吧，喝就是。」

當然，我不僅僅是為了喝酒。酒桌上，常育不住地問康得茂一些組織部的事情，包括現任部長和副部長們的性格習慣什麼的。

康得茂都是簡單回答，「常廳長，其實我對他們也不是很瞭解。只不過平常在一個單位裏面，所以，我只是從他們的講話、工作節奏什麼的，知道他們的大概情況。」

「已經很不錯了。小康不錯。」常育即刻表揚了他。

大家一邊說著，一邊互相敬酒，並沒有按照開始說的那樣，嚴格分成兩組。不過到後來，當我和康得茂都喝下半瓶五糧液以後，常育提出來做遊戲。

「我們划拳肯定不好，就猜手上有沒有東西吧。兩隻手同時拿出來，一隻手上有東西，一隻手上沒有。按照我開始說的那樣，大家分成兩組。哪邊輸了，要麼半杯白酒，要麼滿杯紅酒。」

於是，我們開始了這個遊戲，結果康得茂那邊大敗。連續十次，他們輸了八次。我很懷疑洪雅是故意輸掉的。

八杯酒洪雅喝了四杯紅酒，康得茂喝下了四個半杯白酒。他頓時有了酒意。我們這邊還好，半杯酒對我來說不算什麼。不過，我開始擔心起康得茂來，但是，卻不好去保護他。

「小康，你那瓶酒喝完了，如果你們再輸的話，可要喝馮笑瓶子裏的酒了。」常育笑道。

「洪小姐，我們要努力啊。」康得茂對洪雅說。

「康處長，又不是我一個人在輸，你這話什麼意思？」洪雅不滿地道。

我頓時笑了起來，「這下好了，你們內部都不團結了，肯定還會輸的。」

結果果然如此。

康得茂大醉，坐在那裏身體不住搖晃。我覺得再繼續下去的話，肯定要出問題了，因為我非常擔心康得茂酒精中毒，於是，急忙道：「姐，不能再喝了，得茂再喝就不行了。」

康得茂說：「是啊，常廳長，我實在不行了。」

常育笑道：「你肯定沒喝醉。一般的人喝醉了是要喝的，既然你知道不能喝了，那就說明你還很清醒。」

康得茂猛地搖頭，身體跟著他的頭在晃動，「常廳長，我這人不大一樣，再醉都知道該幹什麼，不該幹什麼。」

「如果再喝的話，會怎麼樣？」常育笑吟吟地問他道。

「肯定會去吐，或者只有去輸液了。」康得茂苦笑著說。

「那好吧，今天就別喝了。洪雅，一會兒你送送他。」常育說道。

我這才鬆了一口氣。不過，我心裏還是有些顧慮的：康得茂這傢伙，一會兒會不會出什麼狀況吧？要知道，洪雅可是美女啊。

我站了起來，準備去替康得茂結賬，因為我看見他幾次想站起來而不能。

「馮笑，麻煩你扶一下我。」康得茂對我說，隨即又去對常育道：「常廳長，讓你見笑了。我就這麼點酒量。」

他說出的話含混不清，讓人明顯感覺到他真的喝醉了。

「得茂，沒事，我去結賬一樣的。小事情嘛。」我說。

常育和洪雅坐在那裏不說話，她們兩個人在說著一件什麼事情，就好像我和康得茂是空氣一樣。

康得茂說：「那可不行，今天是找請常廳長和洪小姐，不是錢的問題，是我的一片心意。馮笑，麻煩你把我的錢包拿去，幫我結一下賬好了。」

我只好同意。

很快替他結完賬，並特別吩咐服務員開了發票。花的錢並不多，康得茂鼓鼓囊囊的錢包裏面只花去了極少的部分。

回到雅間的時候，發現康得茂雙手撐在椅子上，竭力不讓他自己的身體倒下。

我對常育道：「姐，我們走吧。還是我送得茂好了。」

「洪雅送一下。馮笑，我還有事情要對你講。我們再坐一會兒。」常育對我說。

「常廳長，我自己回去吧。今天很不好意思。」康得茂說。

「看你確實是喝醉了，就讓洪雅送你吧。」常育朝他笑道。

「常廳長，這樣不好。我喝醉了的樣子就已經不好了，如果洪小姐送我的話，萬一被熟人看見了，就更不好了。不好意思啊，我先走了。」康得茂說，隨即搖搖晃晃站起來，朝外面走了。

我很擔心他，「姐，還是我送送他吧，萬一出事情就不好了。」

「好吧，你這同學真的與眾不同。」她點頭道。

於是，我快速從雅間裏面跑了出去，發現康得茂正趴在電梯旁邊的牆壁上。我覺得有些好笑，同時又有些同情他，急忙過去將他扶住，「怎麼樣？沒問題吧？需不需要去醫院輸液？」

他抬起手來在肩上搖晃，「馮笑，麻煩你送我去廁所，我忍不住要吐了。」

我急忙扶著他去到廁所裏面，剛剛進到廁所的門口，他就猛然甩開我，然後快步跑了進去，我即刻聽到他發出的聲嘶力竭嘔吐聲。

聽到他的那種聲音，我的胃也開始痙攣起來，急忙強忍住。我跑過去將他的身體扶住，同時，輕輕拍打他的背部。

他終於停止了嘔吐。我掏出紙巾朝他遞了過去。

「謝謝你，馮笑。」他對我說。

「沒事。我們是同學，應該的。」我說，同時緊緊抓住他的胳膊，因為我發現他的身體依然在搖晃。

「馮笑，你現在知道了吧？我們當公務員很累的。哦，這句話我只是對你講啊。」他朝我苦笑了一下。

我點頭，心裏也很感慨，「是啊。」

再次去到電梯處，扶著他上了電梯，「你開車了沒有？或者，我開你的車送你？」我問他道。

「我沒開車，我自己搭車回去吧。」他說。

「你真的沒事？要不，去醫院輸液吧。」我有些不大放心。

「算了，那樣的話傳出去不大好。不知道的人還以為我濫酒呢。你別扶我了。我可以慢慢走出酒樓的。」他說。

我只好放開他，因為我也覺得自己扶住他不大好。現在，我發現自己更加瞭解他了：這是一個十分注意個人名譽的人。

是我替他叫的車，然後，我送他上了計程車。

計程車轟鳴著遠去，我苦笑著搖頭。

「怎麼？你替他感到心痛了？」身後忽然傳來了洪雅的聲音。

「幸好他是男同學，如果是女同學的話，就更要被你笑話了。」我轉身笑著對她說。

「哈哈！」她大笑，隨即問我道：「我送你？」

「常姐呢？」我問。

「她回去了。馮笑，晚上有空嗎？」她問。

我當然明白她話中的意思，「我老婆在住院呢，我馬上得去醫院。」

「你想忘記我是不是？」她看著我，幽幽地問道。

我有些尷尬，「不是的，我老婆真的在住院。」

「要不了多少時間的，我們就在這家酒店好了。」她說，臉竟然紅了。

現在我才發現，女人有時候還真是一個麻煩。就我本意來講，確實不想再和她那樣，但是又不可能直接拒絕她。人家已經和你發生過多次關係了，我能夠拒絕得出口嗎？那樣的話，豈不是顯得太絕情了？

但是，如果我不拒絕的話，將面臨越陷越深的窘境。而且，我發現自己竟然有些意動了。女人有時候就像鴉片一樣，明明知道它有毒，但卻總是對它充滿著一種幻想。不過，我現在依然在猶豫。我覺得自己意動的原因，完全是酒精的緣故。

我呆立在那裏，她卻猛然間跑了過來，挽住了我的胳膊，「你去開房吧，開好了馬上給我打電話。我馬上就上來。人家是女人，別人看見了不好。」

我忽然笑了起來，「常姐不是讓你去試探我那同學的嗎？你怎麼把我給纏上了？」

「討厭！常姐只不過讓我試探一下他。你看人家，意志堅強著呢。」她媚了我一眼後說道。

我覺得更好笑了，「是啊，人家以前肯定是一位標準的革命戰士，我就只好當叛徒了。」

「肯定。」她也大笑，「有個笑話怎麼說的？一九四九年九月二十八日，我被捕了。第一天敵人嚴刑拷打我，我沒招。第二天敵人繼續拷打我，我還是沒招。第三天敵人使用了美人計，我只好招了。第四天我還想招，他媽的解放了！」

我大笑，「這個笑話好。不過，我覺得使用酒精更好。喝醉了，不想說也會說出來的。不過，對康得茂就沒用了，人家再醉都知道分寸呢。」

「我看他是裝醉。」她癟嘴說。

「怎麼會呢？他在廁所裏面吐得一塌糊塗。」我說。

「真的？」她詫異地問道，卻隨即猛然地掐了我一下，「馮笑，你幹嗎？怎麼和我說這些沒關係的事情？快去開房啊？」

我只好去了。本來我很想和她說說其他的事情，然後藉故離開，如果有電話進來就更好了，可還是被她給發現了意圖。現在，我有些恨我的手機：有事情的時候你響個不停，現在需要你響了，你卻一片寧靜。

說實話，男人對普通女人就那幾分鐘的熱情，一旦發洩後，就不再有多大的興趣了。我現在就是如此。剛才自己眼前美麗非常的她，現在已經變得平常起來，所以，我不想答應她。幸好，這時候我的手機響了起來，急忙去接聽。

「馮笑，康老師去世了。我實在動不了了，麻煩你去看看好嗎？看他那裏有沒有什麼需要處理的事情。」電話裏面傳來的是康得茂有氣無力的聲音。

我大驚，「什麼時候的事情？」

「我也不知道，剛才康老師的老婆給我打了個電話。估計是剛剛發生的事情。馮笑，我現在全身酸軟，拜託你了。」他說。

「我們都是他的學生，而且他以前對我還要好些。你別這麼客氣好不好？我馬上就去。」我說。

他掛斷了電話，我站在這裏發呆，嘴裏喃喃地道：「怎麼可能呢？當初為什麼不聽我的呢？」

「出什麼事情了？」洪雅問我道。

「我以前的班主任老師去世了。在我們省城的一家軍隊醫院裏面。康得茂喝醉了，他讓我馬上去一趟。」我說。

「我送你吧，不是正好嗎？一會兒我們再一起回來。說不定我還可以幫上你點什麼。」她說。

「這樣不好吧？他是我班主任呢。」我說。

「他認識你老婆嗎？」她問道。

「……」我頓時無語。

「哈哈！他人都去世了，認識又怎麼樣？看把你給嚇得！」她大笑。

我頓時驚醒，是啊，現在還考慮那麼多幹什麼？趕快趕到才是最重要的。

晚上馬路的車不是很多，洪雅將車開得極快。

「馮笑，這件事情看來有點麻煩哦。」洪雅一邊開車一邊對我說道。

我沒明白她話中的意思，「什麼麻煩？」

「軍隊醫院的事情，可能要得到補償會很困難的。」她說。

「如果真的是醫療事故的話，也很麻煩嗎？」我問道。

「你不知道，軍隊醫院是不受地方管轄的。我估計很麻煩。」她說。

道。

「解放軍是人民子弟兵，他們的醫院，難道會這樣不講道理？」我不以為然地

「算了，一會兒你就知道了。」她說。

聽她這樣一說，我心裏就有些打鼓了。因為我想到了康老師的家庭情況。他有兩個孩子，而且好像還正在上大學。

我們很快就到了醫院。

病房裏面空空的，忽然想起他已經死了，屍體不應該放在這地方的。於是，我急忙給康得茂打電話，可是電話卻是他老婆接的，「他喝醉了，睡著了。馮醫生，你不是和他一起喝的酒嗎？怎麼你沒事？」

「我酒量大些。」我苦笑著回答，「麻煩你翻一下他電話裏面的那個號碼。我現在正在醫院裏，我找不到康老師的妻子。」

「你等等。」她說。

一會兒後她把號碼告訴了我，「馮醫生，麻煩你給你老師的妻子解釋一下。得茂確實來不了。」

「我知道的。」我說，心裏在默記著那個號碼，急忙掛斷開始撥打。

我忽然想起來了，肯定是康老師的妻子要求醫院對康老師的死亡負責，所以才

把他的屍體送到病理科去的。那裏是屍檢的地方。

「馮笑，你去吧。我在車上等你，我有些害怕。」洪雅對我說。

我想也是，她畢竟是女人，而且很少到醫院這種地方來。

「你先回去吧。」我對她說，「一會兒我自己回去就是。」

「不行，你一會兒跑回家去了怎麼辦？」她說道。

我沒有了辦法，「我答應你，我保證到酒店來就是。」

「你說話要算話。」她朝我輕笑著說。

我點頭，忽然想起了一件事情，「洪雅，你身上多少現金？借給我，我明天還給你。」

「有兩萬多，你要？」她問道。

「你先借給我，明天還給你。」我說。

「誰要你還了？」她朝我輕笑，隨即從包裏拿出兩疊錢來，「還有些在我錢包裏，大概有三千多的樣子，你要嗎？」

「就這兩萬夠了，我老師家裏很困難，這也算是我這個當學生的一份心意吧。」我歎息著說。

送走了洪雅，病理室裏卻是一派淒慘場景。

康老師的妻子坐在病理科外面的長條凳上面，她的雙眼通紅，但卻沒有了眼淚。我知道，她的眼淚早已經流乾了，而剩下的，只有滿面的淒容。

「師母……」我走到她面前，輕輕叫了她一聲。

她木然地抬頭看我，但卻沒有說話，就好像不認識我似的。

「師母，是我啊。我是馮笑，康老師的學生。您不認識我了？」我輕聲地對她說道。

她似乎想起我來了，「馮笑……你康老師他，他走了。」她說完後，身體就暈倒在了長條凳上面。

我大驚，「醫生，醫生！」

雖然我自己是醫生，但在這個地方，我卻不可能馬上對她進行檢查，只能進行簡單的施救。當然，我心裏很清楚，她是因為悲傷過度。

一個人在悲傷過度的情況下，即使強迫自己撐著，但一旦在有了依託之後，那根緊繃著的神經，就會驟然鬆弛或者斷裂。

緊繃的神經突然鬆弛就會昏迷過去，而斷裂了，就會精神失常。

當看見康老師的妻子昏迷過去後，我便大聲呼叫了起來。

即刻出來幾位醫生，「怎麼回事？」

一個醫生接替了我，他在開始檢查康老師妻子的情況。

「她昏迷了。你們怎麼搞的？怎麼不安排一個護士陪著她？」我對這家醫院的安排極為不滿。

「對不起，這是我們工作的失誤。」我沒想到對方竟然很客氣，也就不好再責怪他們了。

「你是死者的什麼人？」剛才說話的那位醫生在問。

「我是他的學生，我也是醫生。」我說，目的是想提醒對方，不要糊弄我。

「哦，我還以為是康處長呢。康處長他怎麼沒來？」那人問道。

「他今天被他單位的領導叫去談事情去了，一時間走不開。」我回答，心裏暗自奇怪：他怎麼認識康得茂？

接下來那個人說了一句話，我這才明白他們為什麼會同意屍檢。而且，後來的賠償也很順利。

「這個病人康處長特地給我們院長打了招呼的，遺憾的是我們的手術沒做好。對了，你貴姓？」那人問道。

「我姓馮，是醫大附屬醫院的醫生。」我回答。

「你老師本來在你們醫院住院，幹嗎要轉到我們醫院來啊？你們醫院的腦外科可是全省最好的啊？」那人問道。

「是康老師他自己要求的，當時為了這件事情，還和我生氣了呢。」我歎息著說。

「這樣的事情怎麼能將就他本人呢？你還是當醫生的呢。」那人責怪我道。

我頓時無語。

「她醒來了。」這時候，給康老師妻子檢查的那個人說道。

我急忙握住她的手，「師母，您要撐住啊，事情已經發生了，現在要考慮今後的事情。」

「康得茂怎麼沒來？」她問道，聲音有些冷。

「他今天有急事，特地給我打了電話，師母，您有什麼事情就直接對我講吧。」我說。

「如果不是他非要把老康弄到這裏來，他會死嗎？現在，人已經死了，他卻不露面。馮笑，他讀書時候的事情我都知道，你康老師對我講過。本來你康老師還以為他是以德報怨，心裏一直還很感動的，想不到，他竟然暗藏禍心。」她說著，猛然大哭了起來。

「師母，不是這樣的，你問問他們，康老師在這裏住院，得茂專門打了招呼的。」我急忙地道。

「是這樣的。」一直和我說話的那個人對她說道，「康處長和我們醫院的院長很熟悉，他曾經特別關照過。不過，這件事情確實很遺憾，雖然我們安排了最好的醫生給康老師做手術，但他畢竟是腦部的腫瘤，手術的時候出現了大出血。沒辦法的事情。從常規上來講，這是腦部腫瘤手術可能會出現的情況。剛才我們已經對康老師進行了屍體解剖，沒發現手術的操作有什麼大的問題。但是，考慮到康處長的特殊關係，所以，我們醫院願意對你們進行一定額度的賠償。你是康老師的家屬，你可以向我們提出合理的要求，我們會認真考慮的。事情已經出現了，如果我們繼續糾纏，反而不利於後面事情的處理。你說是嗎，馮醫生？」

我點頭。

他說得對，事情已經出了，現在再過多地追究院方的責任也沒必要了。因為在康老師手術前，醫生肯定讓病人本人或者病人家屬簽字了的，這是手術前必需的手續。

對於醫院來講，把自身的風險減到最小是必須的，也是必要的。只要在手術過程中不出現大的失誤，病人根本就無話可說。

而現在，醫院竟然自己提出願意賠償的事情，這就已經給了康得茂很大的面子了。現在我才發現，省委組織部的幹部，能量不是一般的大。

「師母，您認真考慮一下。我也是醫生，他們說得沒錯，這件事情全靠康得茂給院長打了招呼呢。現在康老師已經走了，目前最關鍵是要考慮今後的事情。我知道，您的兩個孩子都還在讀書，今後的日子還長著呢。」我說。

「馮笑，我想不到，你竟然也這麼冷酷無情。他畢竟是你的老師吧？難道他死了，你一點都不傷心？難道你認為金錢比生命更重要？」她猛然朝我歇斯底里地大叫了起來。

我一怔，心裏雖然有些生氣，但卻不想和她計較什麼，因為她現在畢竟處於傷心的狀態之中。

我歎息了一聲，隨即取出錢夾，除了裏面的零錢外，把所有的錢都拿了出來，朝她遞了過去，「師母，這是我和康得茂的一點心意。至於醫院賠償的事情，您自己和他們談吧。我想，只要您的要求合理，他們會考慮的。康得茂明天肯定會來的，有什麼事情您讓他處理好了。」

說完後，我即刻離開了，我不想再在這裏停留。

也許她說得對，我可能真的有些冷漠。因為我對自己的這位班主任老師，其實並沒有多少感情，而自己所做的這一切，更多的只是一種義務。

中國人有一個傳統叫「師道尊嚴」，還有什麼「一日為師，終身為父」之類的說法，其實，這樣的話只是常常被人們掛在嘴邊，但是，從內心裏面真正這樣認為的人並不多。

比如康得茂那樣的情況，他怎麼可能真把這位班主任當成自己父親一樣對待？不過，傳統的力量是可怕的，即使心裏對自己的老師再不滿，也不能做出不把自己老師當成一回事的事情出來。

我想，或許我自己就屬於這種心態。也許我準備多給老師家裏捐點錢，也只不過是因為心裏生出一份同情，而我目前也還有這樣的條件。我認為這與感情無關。也許在我的心裏，還有另一種東西在作怪——聲譽。

從醫院出去後，我完全沒了去酒店的興趣。所以，我直接給洪雅打了個電話，「對不起，我現在心情很不好。不是我不遵守諾言，請你原諒。你知道的，我現在這樣的狀態，根本沒心情和你做那種事情。你說是嗎？」

「好吧，我理解你。不過，過幾天你要加倍給我補上。」她說。

我默默地掛斷了電話。

現在，我連與她說話的興趣都沒有了。或許是我內心裏不想讓自己變得那麼輕薄——自己的班主任老師才去世，怎麼可以就去和女人調情？

我隨即去了醫院。

陳圓還沒有睡，「又喝酒了？」她問我道。

「你身上有錢嗎？這麼晚了，我不想去取，不安全。」我問她道。

「今天你請客啊？」她一邊拿出錢包來一邊問我道。

我搖頭，「我班主任老師的手術沒成功，去世了。我把身上的錢都給了他的家人，只剩下點零錢。」

「哥，你的心太善良了。」她說。

此刻，我猛然意識到：或許自己前面那樣做，就是為了得到陳圓的這句話呢。是這樣的嗎？我問我自己。好像又不是。我在心裏反覆問自己。

第四章

這個世界沒有後悔藥

「我好痛啊……」康老師歎息了一聲，霍然消逝。
我這才想起他已死亡的事實，頓時驚醒。
我知道這夢的真實含義：我很自責，不該讓他轉院。
這事情自己究竟是做對了呢還是錯了？
一直到睡著前我才想明白這個問題——
事情沒對與錯，只要事後心安就可以了，因為世事難料。
這個世界沒有後悔藥，只有遺憾。

回到家裏，我就直接睡覺了。晚上，我做了一個夢——

康老師來到了我面前，我忘記他已經去世的事實，所以並沒有感到害怕。

他滿臉的嚴肅，「馮笑，早知道我就不轉院了。當初你應該勸阻我的。」

我問道：「康老師，你手術的情況怎麼樣？」

「我好痛啊……」他歎息了一聲，霍然消逝。

我這才猛然想起他已經死亡的事實，頓時驚醒。我急忙打開燈，呆呆地躺在床上。唯有歎息。我知道自己這個夢的真實含義：我很自責，我不該同意他轉院。

此刻，我再也不能入眠了，我在想：這件事情，究竟是不是自己的責任呢？其實，當初我就早該預料到這種情況會發生。但是，我卻順從了康得茂的意見。那麼，難道真是康得茂的錯？我發現自己無法回答。

第二天一大早，我就給康得茂打了個電話，把昨天晚上的事情對他講了一遍，「得茂，對不起，我沒有在那裏陪師母。因為她很不冷靜，而且，我做不到像你那樣心胸寬懷。」

他歎息，「本來我想恨他一輩子的，可惜他走了。今後我再也沒有想要恨的人了。不知道我以後還能不能夠在遇到困難的時候，還有以前那樣的動力。」

「只要你把他放在心裏，就永遠會有的。」我說。

「問題是，他走了，我再也不會恨他了，我的心裏沒有恨，也就沒有克服困難的動力了。馮笑，你沒有經歷過我那樣的痛苦，所以，你不會理解我的。」他依然在歎息。

我覺得他的話太過高深莫測，不禁笑了起來，「那你今後就不要遇到困難了吧。祝你一直心想事成，順順利利。」

「那也是不可能的。」他也笑了起來，「上午我去一趟吧。其實一大早我就和醫院那邊聯繫過了。師母提出的條件並不高，只要了二十萬，院方已經答應了。」

「二十萬還不高？」我驚訝地道，「得茂，我想不到你的面子竟然那麼大。」

「很簡單，那家醫院的院長馬上轉業，他需要我們給他安排一個好點的職位。而我們綜合科正好是安排轉業軍官職務的部門。」他笑著說。

我更加詫異了，「他是院長，級別很高的吧？你能夠管到他？」

「他是正師職幹部，到地方後，只能降半格任職。對他的考察由我們負責。雖然最終的安排不在我們這裏，但是我們的意見很重要。現在的人都很聰明，他沒必要得罪我的是吧？」他回答道。

我還是不明白，但也不想多問了，因為那不是我想要去關心的問題。

「得茂，上午需要我和你一起去醫院嗎？」我問道。

「不用了，我去安排一下就可以了。隨便吧，她對我有意見也是沒辦法的事情，對於我來講，現在只求心安就可以了。」他歎息著說。

「得茂，昨天晚上我給了她點錢，不是很多。是以我們兩個人的名義給的。」我隨即說道。

「謝謝你，馮笑。我本來沒準備給她錢的。因為我並不欠他們的。算了，你給了就給了吧，我還是很感謝你，因為你替我說了話，至少不會讓別人說那麼多閒話了。唉！我現在都還在胃痛呢。馮笑，昨天晚上，常廳長是不是想考驗我啊？」他笑著問我道。

「考驗？幹嗎要考驗你？用美酒和美女？我還想這樣被考驗呢。」我大笑著說。

我肯定不會把常育的意圖告訴他的。有些事情說明了會壞事，這一點我還是知道的。

他搖頭，「但願昨天常廳長對我不會產生反感。我酒量就那麼點，沒辦法的事情。馮笑，謝謝你啊，今後讓我多接觸她行不行？有機會你叫上我啊。」

我點頭，「我儘量吧。其實我和她接觸也不多的。畢竟她是領導，太忙了。」

「是啊，那你抽空從側面問問她，對我的感覺怎麼樣？」他又說道。

我頓時笑了起來，「你傢伙，怎麼我覺得你好像是在找對象一樣？」

「馮笑，這樣的事情可開不得玩笑。她是領導，形象很重要。我們同學之間隨便開玩笑倒是無所謂。你說是嗎？」他的聲音頓時變得嚴肅起來。

我不禁慚愧，「你說得對。好吧，我抽空問問她。」

吃完早餐後，我去到醫院。剛到科室就聽到了一個消息，這個消息讓我大吃了一驚——

蘇華被抓了，據說是受賄。同時被抓的，還有董主任。

在剛聽到這個消息時，我還不大相信，但是，秋主任證實了這條消息的準確性，「不育中心採購設備的過程中出現了問題，是其他醫院牽扯出來的。」

我一時間沒有完全明白，「其他醫院？什麼意思？」

「我們省另外一家醫院在採購設備的過程中，由於一家公司的產品未能中標，結果那家公司就舉報了中標的公司有行賄行為，有關部門即刻介入調查，發現那家公司舉報的確實是事實。於是，就通過中標的那家公司，順藤摸瓜查出了一系列的問題。董主任和蘇華也接受了那家中標公司的賄賂。不過，我們醫院還沒有招標，他們接受的只是先期費用，據說並不是很多。」

「並不是很多……是多少？」我問道，心裏稍微放心了一些。

「據說董主任得到的是五萬，蘇華得了三萬。」秋主任說。

我對受賄的金額與相關量刑標準沒有什麼概念，只是覺得三萬塊錢不算什麼。不過，我想到了一點：既然她被抓了，這就說明肯定問題嚴重。

而且，還有一點讓我有些詫異，「秋主任，難道我們醫院的領導和這件事情沒有一點關係？」

「那我就不知道了，反正，醫院的領導沒有人被帶走，甚至設備處的人都沒被抓呢。」她說。

我暗自納罕，這究竟是怎麼回事？要知道，醫院採購設備，最終是要經過設備處及分管院長、甚至一把手院長同意，才可以的啊。

不過，我現在不可能去細想這方面的問題了，因為我擔心的是蘇華。

我鬱鬱地去到了陳圓的病房。

「哥，你怎麼了？看上去不高興的樣子。」陳圓發現了我的情緒不正常。

我苦笑道：「沒事，醫院裏出了點事。」

「和你有關係嗎？」她急忙地問道，滿臉擔心的神色。

我搖頭，「不可能和我有關係的，是我學姐蘇華，她被抓走了。」

「啊？」她張大了嘴巴，「究竟是什麼事情？」

「陳圓，你別管了。是醫院裏面的事情。」我搖頭說，隨即又道：「陳圓，我得去瞭解一下情況。」

「哥，我覺得我現在沒什麼問題了，我還是回家去吧，住在醫院裏面一點都不舒服。」她苦著臉對我說。

「我看看你的情況再說。」我說著，隨即去看了她的病歷，發現她的情況確實好多了。

考慮到她住在醫院裏面確實不方便，於是，我決定讓她出院。

辦完出院手續已經接近中午了，將她送回家的時候，正好吃午飯。

陳圓吃得興高采烈的，「哥，回家的感覺真好。」

可是我卻提不起精神來，只是應付地說了句：「嗯。」

快速吃完飯後，我去打了個電話，「得茂，我想麻煩你一件事情。」

康得茂聽了我講的事情後，問我道：「你知道她是被哪個部門抓走的嗎？」

我頓時瞠目結舌起來，「這……」

「你啊……呵呵！不過沒事，我分析應該是被省高級檢察院的反貪局抓走了的。因為你們醫院的級別在那地方。這樣吧，我問問再說。不過，我估計可能問不到什麼情況，因為像這樣的案子，一般人是不能插手的，除非上面的領導打招呼。現在檢察院都是獨立辦案。」他說。

「那你問問吧，實在問不到情況就算了。反正就三萬塊錢的事情，我估計很快就會把她給放出來的。」我說。

「馮笑，你開玩笑是吧？難道你不知道受賄罪的量刑標準？按照一般情況，受賄罪從五千塊錢開始量刑，受賄一萬到五萬，判一至七年有期徒刑。從常規上來講，基本上是按照一萬塊錢一年的標準量刑。你說的這個人受賄三萬元，那麼今後判刑的標準很可能就是三年有期徒刑。你明白嗎？」他說道。

我想不到竟然會是這樣，心裏頓時慌亂起來，「怎麼這麼重？」

「法律就是這樣規定的。」他說，「馮笑，這件事情可能有些麻煩，除非是某個省級領導出面說話，否則，根本就不可能救她出來。以我目前的級別，這件事情根本就插不上手。我的意思你明白嗎？」

我這才明白他這些話的真實含義，心裏不禁想道：他這話是什麼意思？難道他知道常育與黃省長之間的關係？

不過，他對我的提醒已經非常的明確了，我想：如果我真要幫蘇華的話，就只能去找一個人：常育。

中午，我躺在床上輾轉反側。除了猶豫是否該給常育打這個電話之外，我還想著另外一件事情：康得茂真的知道常育與黃市長的關係嗎？不然的話，他為什麼那麼迫切地想見到常育？很明顯，他是希望通過這條線，得到儘快提拔。

不知道是怎麼的，我對康得茂的這種做法並不太反感。我覺得，一個人才用什麼方式達到自己想要的位置似乎並不重要，只要他今後是一位好官員就行。如果真的是這樣的話，我能夠幫他一把，也是一件功德無量的事情。何況他還是我同學。

而現在的問題是，康得茂向我提醒了一點，蘇華的事情，只有黃省長那樣級別的人才說得上話。

一直到下午三點，在我接到了一個電話之後，我才最終做出了決定。

電話是江真仁打來的。他是蘇華的前夫。

「馮笑，蘇華出事情了你知道吧？」他在電話裏面問我。

「嗯。」我說。

「你有公檢法方面的朋友沒有？如果有的話，能不能麻煩你幫忙救救她？雖然我沒有多少錢，但是我願意出。」他說。

「你們不是離婚了嗎？」我詫異地問。

他在歎息，「俗話說，一日夫妻百日恩，現在她出事情了，我無論如何都應該幫她的啊。可惜我沒有什麼本事，到現在為止，我已經找了不少的人，但都沒有能幫到她。馮笑，我知道你的生活圈子也很窄，只是隨便問問你。如果你真的能幫她的話，我萬分感謝。」

我頓時無語，隨即想道：他已經和蘇華離婚了，但在關鍵的時候還儘量想辦法幫她，馮笑，你還猶豫什麼？

我隨即起床，給常育發了則簡訊：「有急事找你，什麼時候有空？」

一會兒後，她直接給我打來了電話，「什麼事情？」

「電話上說不大方便，我想和你當面談。很急的一件事情。」我說。

「哪方面的？」她的聲音有些驚訝。

我知道她可能誤會了，急忙地道：「是我學姐的事情，她受賄三萬塊錢被抓了。就是最近這次各大醫院的受賄案子。她的情節很輕，所以我想問問你，看能不能想辦法幫她一下。」

「你學姐？叫什麼名字？在什麼地方上班？」她問道。

我一一說了。

「就其本身的案件來說，不是一件大事情，但如果牽涉到全省的大案的話，就很麻煩了。至少一時半會兒放不出來。這個案子我已經聽說了，影響太大。」她沉吟了片刻後說道。

「難道真的就沒辦法解決了？」我很是著急。

「這樣吧，我問問再說。」她說道。

「姐，謝謝你了。」我說。

「馮笑，你和我這麼客氣幹嗎？哈哈！看來你和你這位學姐可不是一般的關係啊。」她頓時笑了起來。

「姐，不是的。」我感覺到自己的臉在發燙，「她真的是我學姐，我導師和她的老公都給我打了電話來，問我有沒有公檢法方面的朋友。我想他們肯定也是沒辦法了，才四處亂找人。我也沒告訴他們自己有沒有辦法，只是想找你問問。」

「你沒有找你那位同學？組織部那個小康。」她問道。

「找了，但是他說，他那個級別的人說話不起作用。」我回答道。

「他說的倒是實話。」她說道，「馮笑，你那同學不錯。」

「姐，你也覺得他不錯啊？」我笑道，「他是窮人家的孩子早當家，所以，他比我成熟多了。」

「他很沉穩，這是從政最難得的素質。不過，他現在這個職務不大適合他，對我的幫助也不是很大。以後再說吧。」她說，「我們別扯遠了，你學姐的事情我問問再說，有消息我馬上告訴你。對了，馮笑，今後我們儘量不要在電話上說這樣的事情。有事情我們見面談。」

「是。」我說，心想，我本來就沒有準備和你在電話上說這件事情的，還不是你讓我說的？

「好了，我要開會了。你那位女老鄉的事，你覺得非得要幫她嗎？」她問道。

「姐，你為難就算了。沒事。」我說。

「你沒懂我的意思，你想明白了再說吧。」她說，隨即掛斷了電話。

我頓時莫名其妙：什麼想明白了再說？

「你那位女老鄉的事情，你覺得非得要幫她嗎？」這句話是常育問我的。她的這句話難道還有什麼深意不成？我不停地想。

「你覺得非得要幫她嗎？」她為什麼要這樣問我？為什麼？

猛然地，我似乎明白了。

「寧總，有空嗎？」電話撥通後我問道。

「有啊，馮醫生，那件事情有消息了是吧？」她問道，有些高興的語氣。

「沒有消息，我想和你當面談點事情，不知道你能不能安排點時間和我談談。」我問道。

「可以的，馮醫生，你覺得哪裏好呢？」她問道。

「還是上次那裏吧，我住的社區外邊那家茶樓。」我說。

「這樣吧，我十分鐘後來接你，先到我們公司參觀一下，你也好順便對我的公司有一個基本印象。」她說。

「那我叫上得茂吧。」我想了想後說道。

「你問問他吧，看他有沒有空。」她說，「我十分鐘後到，我就在你住的地方不遠。」

我即刻穿衣下樓，離開家之前，給陳圓說了聲。

她只是朝我點了點頭，然後說了句：「哥，少喝點酒。」

出門之後，我給康得茂打電話，「常姐給我回電話了，寧相如的事情。你有空的話，和我一起到她公司去一趟吧。」

「我走不開啊，你和她談就是了，沒事。」他說。

「常姐剛才問我，她問我是不是非得要幫寧相如。你怎麼理解這句話？」我趁機問他道。說實在話，我還是不完全能夠拿得穩。

「她後面還說了什麼嗎？」他問道。

「後面？」我頓時愣了一下，想了想，隨即回答道：「我說，如果她為難的話就算了，但是她卻說，我沒明白她的意思，讓我想明白了再告訴她。」

「這樣啊……」他似乎在沉吟，「不行，我得來才行。康老師這裏的事還沒處理完，我不管了。唉！馮笑，這好人當不得，現在我反倒被黏上了。」

「什麼意思？」我問道，心裏隱隱覺得，他可能真的遇到麻煩事情了。

「康老師的老婆非說是我帶她男人到省城來的，現在人死了，要我負責。這都是什麼事情啊？」他說，我彷彿看到了他苦笑的樣子。

「那你怎麼辦？」我很是替他著急。

「我把家鄉分管教育的那位副縣長叫來了。讓他處理吧。那這樣，你先去，我馬上就來。」他說。

我不禁吃驚，這傢伙竟然叫得動我們那裏的副縣長？隨即想到他省委組織部副處長的身分，頓時就覺得沒啥奇怪的了。

下樓後，我剛剛走到社區外面，就看見了寧相如的那台白色寶馬轎車，她正準備往社區裏面開。

「得茂馬上就來，我們先去你的公司。」我上車後說。

「你這麼急，是不是常廳長回話了？」她問我道，漂亮的臉上帶著一種期盼。

「等得茂來了再說吧。」我淡淡地道。

她不說話，將車開出去一段距離後，才問我道：「馮醫生，你是不是不相信我？」

我淡淡地笑了笑，「我和你今天才是第二次見面吧？寧總，我說句話你不要生氣，我只相信得茂。」

讓我想不到的是，她聽了後還真的沒有生氣，只是輕聲地歎息了一聲，「是的，你和他畢竟是同學。」

「得茂相信你嗎？」我問道。

「我不知道。」她搖頭，隨即歎息了一聲。

我有些詫異，「你幹嗎歎息？」

「馮醫生，你們男人是不是都這樣？」她卻忽然地問我道。

我莫名其妙，「都怎麼樣啊？」

「看到了漂亮女人就想得到，是不是這樣？」她問。

「據我所知，得茂好像還是很喜歡你的吧？而且，他也不是看到其他漂亮女人都這樣的。還有我，我對你就沒有那種齷齪的想法嘛。」我笑著說道。

「那是你要求高，覺得我不夠漂亮。」她說。

「不啊，我覺得你漂亮啊。所以，你剛才的那個說法是錯誤的。」我笑著說。

「別說我啊，馮醫生，你是婦產科醫生，我不相信你在看到漂亮女人的時候，一點反應都沒有。」她說，隨即笑了起來。

「還真沒有。你是搞房地產的，難道你看到漂亮的房子會有購買的欲望嗎？」現在我早就被這樣的問題問得麻痺了，所以就和她開起玩笑來。

「當然有。我看見那些漂亮的房子，還是想去買。」她說。

我一怔，因為我想不到她竟然會這樣回答，隨即又道：「問題是，你最終還是沒有買是吧？」

她笑，「我明白了。你承認你在看到漂亮女人的時候還是有反應的，只不過最終克制住罷了。是不是這樣？」

我頓時瞠目結舌起來，「說什麼啊？我真的沒有想法的。」

「呵呵！這個問題蠻無聊的，不說了，我們到了。」她說，車已經停下。

我面前是一棟高樓，很漂亮的一棟樓，這地方距離我住的社區確實不遠。

「你辦公室在這裏？」我問道。

「這棟樓就是我開發的。這是我開發的第一個樓盤，也是唯一的一個樓盤。現在房地產行業競爭激烈，想要拿到一塊合適的土地，很困難啊。」她搖頭說道。

「你開發這棟樓賺了多少錢？」我問道，隨即覺得自己問得似乎太直接了，「對不起，這可能是你的商業秘密，你可以不回答的。」

「對其他人我可能不會回答，但是對你，我肯定會回答的。不到一個億。」她說，「現在銀行利息、各種稅收還有土地成本，都太高了。」

我禁不住笑了，「你賺這麼多了，還做什麼生意啊？夠你這一輩子花的了。」

「按道理上說也是。但是，錢這東西不好說。你看我這棟樓，當初完全是設計成辦公大樓的，結果賣出去的不多，現在大多是租出去的，而且我自己的公司還占了整整一層樓。所以我剛才所說的利潤，僅僅是一個數字，一個概念罷了。」她苦笑著說道。

我心裏頓時警覺起來，「你的意思是說，你帳面上並沒有多少錢？」

「是這樣。」她回答得倒是很快。

「那麼，假如你要去做那個公墓的專案的話，你哪裏來的先期資金去運作呢？」我問道。

她頓時笑了起來，指了指我們面前的這棟高樓，「這棟樓按照目前的市價，至少值兩三個億吧？我以它作抵押物，按照市值的百分之六十貸款的話，也可以馬上從銀行貸出一個多億的啊。我前期在銀行的貸款每月都在付利息，他們肯定會給我新的貸款的。不然的話，我公司一日倒閉，他們得到的也就是我這棟樓的部分房產了，而且，還得按照目前的市值計算。銀行當然不想這樣，所以，他們更希望我的公司能夠做大做強，好讓我儘快還清他們的本息呢。」

我頓時明白了，「你的意思是說，你已經把銀行綁架了？」

她詫異地看著我，「馮醫生，看不出來啊，你這個當醫生的竟然也明白這一點。不過現在誰都是這樣在做。用銀行的錢去運作專案，將賺取的利潤揣到自己的腰包裏，然後再繼續向銀行貸款。別說我，江南集團那麼大的企業，也是這樣在操作。企業越大，銀行就被陷得越深。這已經是我們這個行業的公開秘密了。」

「你的意思是說，其實你們幾乎是用銀行的錢在操作專案，然後再去把老百姓的錢套進來？」我問道。

「誰讓我們國家的老百姓那麼在乎自己有沒有房子呢？這其實就是一種剛性的供求關係。有人要買，我們才賣得出去嘛。如果老百姓都不買房的話，我們早就破產了。其實，我們還是很有壓力的，特別是一個專案的前期資金壓力，還有銷售的壓力。不過，幸好我的這棟樓開發得比較早，而且地段不錯，至少目前我的資金還沒有什麼問題。」她說。

「你收取的租金可能也只夠你支付銀行利息吧？」我問道。

「那倒是不止，還可以支付我公司目前工作人員的工資。這就夠了啊。其實呢，我這房子不是賣不出去，而是我故意沒打算賣。」她笑著說。

「什麼意思？」我不明白。

「因為現在房價上漲厲害，而且，我分析未來十年房價還會繼續上漲。所以我必須等。除非是我的資金鏈出現斷裂的危險，我才會大規模進行銷售。」她說。

我頓時明白了，「你這叫待價而沽，也是一種投機。」

「不，更確切的說法是賭博。不過，這種賭博幾乎沒有風險。」她笑道。

我大笑，「你真厲害，不像一個女人。因為我覺得你比我們更厲害。」

「追求利潤最大化，是我們商人本性。」她笑著說。

我又笑，「這倒是大實話。」

正說著，身後出現了康得茂的聲音，「談得不錯嘛。」

第五章

床單上的點點血痕

我朝她笑了笑，轉身準備離開。

身後卻傳來她的聲音，「馮大哥，你要賠我。你看。」

我轉身，發現她朝著我笑，揭開被子，我頓時駭然——

我看見，床單上面竟然有著點點的血痕……

「你……你竟然是處女？」我驚訝地問她道。

寧相如的辦公室盡顯女性特色，大氣、典雅、溫馨，辦公室裏面綠意盎然。

「怎麼樣？我這裏還可以吧？」她笑著問我道，很自得的樣子。

我點頭，「確實不錯。」

「喝茶還是咖啡？」她問道。

「就喝茶吧。」我說。

「別閒扯了，我們談正事。」康得茂看了看時間後說道。

「得茂，剛才馮醫生問了我一句話，他問我，你是不是相信我，你說呢？」寧相如給我和康得茂面前各放了一杯綠茶。

茶杯很漂亮，裏面是沁人的綠，還有淡淡的香氣。

我看著康得茂，意味深長地笑著。

「這不是什麼信得過信不過的問題。相如，我覺得吧，如果你真的想做那個專案，就必須得先有個說法。也就是一句話，你願意拿出多少錢來。別談什麼股份的事情。我和馮笑都好說，因為我們是老鄉，馮笑也會看在我的面上，不會過於計較。但是……後面的話不需要我多說了吧？相如，你是做生意的人，應該懂的。」康得茂卻如此說道。

「我早就準備好了。」寧相如說，隨即去她辦公桌裏面拿出兩張銀行卡出來，首先將其中一張遞給了我，「這裏面是八百萬。不過，密碼暫時不能告訴你。馮醫生，我是生意人，請你理解。得茂，這是你的，密碼也暫時不告訴你。等專案落實後，我再分別告訴你們。」

「這樣不好吧？」康得茂說，「相如，你別誤會，我不是說我和馮笑這裏。我覺得，做事情還是要乾脆俐落一些的好。你這樣做，有人會有想法的，你說是不是？」

「得茂，你錯了。既然大家要做事，就得講究遊戲規則，這與個人感情無關。對於你們來講，我先把一筆錢放在你們身上，對於我來說呢，這種方式也很安全。此外，這個專案畢竟是民政廳控股，作為我的公司來講，是絕對不可能事後反悔的，因為我再厲害，也鬥不過人家國家單位。且不說別的，到時候他們不滿意的話，再引進一家企業，或者稀釋我的股份，我也只好看著。所以，只要事情成了的話，我這裏是絕不會有什麼問題的。」寧相如說。

康得茂點頭，「這倒是。馮笑，你說呢？」

雖然我也覺得她說的有道理，但卻不敢貿然答應。想了想，我把那張卡放在了面前的茶几上，「這樣吧，我問了再說。得茂說得對，這件事情不是我和他之間的事情。」

「馮笑，你一定要領會那句話的意思。還有，我們在任何時候、任何場合，都不能提那個名字，明白嗎？」康得茂對我說。

「這倒是。不過，你前面那句話是什麼意思？」我有些糊塗了。

「你想想吧，她是不是讓你自己決定？」他對我說道。

我頓時怔住了，「這……」

「看來我還是太像商人了。既然讓馮醫生感到為難的話，我還是先把密碼給你吧。我相信你，馮醫生。你可以馬上去櫃員機上查詢帳戶上面的金額，然後再決定吧。」寧相如說。

「這樣好。」康得茂笑道，隨即將他手上的卡遞給了寧相如，「我們之間隨便什麼時候說這件事情都行的。如果你資金緊張的話，還可以周轉一下。」

「得茂……」寧相如頓時被他感動了。

我也有些吃驚，因為我沒有想到，康得茂竟然如此大氣。

但是我做不到像康得茂那樣，因為我必須為常育負責。所以，我即刻下樓去找到了一處櫃員機，查詢了帳戶。沒錯，是八百萬。

不知道是怎麼的，這時候我拿著這張卡，手竟然開始顫抖起來。這錢難道就這麼好掙嗎？不，這筆錢還不一定是誰的呢。我急忙告訴我自己說。

隨即上樓，再次回到寧相如的辦公室。

「沒錯，我馬上告訴她。如果事情不成的話，我馬上把這個還給你。」

「行，我們不說這件事情了。走吧，時間差不多了，我們去吃飯吧。對了，馮醫生，你想吃什麼？」寧相如問我道。

「等等，我發個簡訊。」我說。

「馮笑，你是準備給她發是吧？不要這樣，安全第一。你還是約她出來當面談吧。」康得茂提醒我說，「晚上讓相如請客。」

我點頭，急忙去到辦公室的一角打電話。

「姐，那件事情麻煩你。不是我學姐的事情。晚上有空嗎？我老鄉想請你吃頓飯。」我低聲地對著電話說了句。

「我不會和她在私下見面的，你確定了？」她問道。

「是的，你放心好了。」我說。

她掛斷了電話。

「怎麼樣？」康得茂問我道。

「她說她不會和寧總在私下見面。不過……」我說。

康得茂猛地一拍大腿，「是啊，我怎麼這麼傻啊？看來我還需要修煉啊。馮笑，相如，沒問題了，我們喝酒去。」

寧相如看了我一眼。我當然知道她問的是什麼，於是說道：「得茂說得沒錯。」

她頓時激動起來，猛然過去將康得茂抱住，「太好了！得茂，謝謝你。」

我在旁邊笑，「幹嗎不來抱我啊？」

她即刻地放開了康得茂，朝我嫣然而笑，「我哪裏敢抱你？你說了，你對我都沒感覺的。」

我大笑。

「不過，我找了個人陪你。」她接下來又說了一句。

「不用。」我急忙地朝她擺手。

她依然朝著我嫣然地笑，笑得我心裏直發毛。

她去到了她辦公桌處，用那裏的座機撥打，「你來一下。」

我張大著嘴巴看著她。

「你認識的一位美女，她現在是我的助理。」她對我說，臉上是神秘的笑容。

一會兒之後一個人進來了。我看著她，頓時驚訝得說不出話來……

我完全沒有想到，進來的竟然會是她：孫露露。

不過，我隨即便想到是怎麼回事了。

上次我們一起吃飯的時候，我叫了孫露露來，所以，一定是康得茂把孫露露介紹給寧相如了。很明顯，這是他們採取的熟人戰術。

「你怎麼到這裏來上班了？不在以前的單位了？」我笑著問孫露露，同時去看了康得茂一眼。

康得茂朝我笑了笑，朝我做了個鬼臉。

「我們那單位，現在發工資都困難，一直那樣也不是辦法。寧總讓我來上班，待遇還不錯，最關鍵的是，她是女老闆。」她笑著說。

康得茂和寧相如都在笑。

我也笑，「女老闆和男老闆有區別嗎？」

「給男老闆當秘書，別人總覺得我是那種女人。」她說，「這裏當然不同了，至少在上班的時候，不會受到老闆的騷擾。」

我頓時大笑，「有道理。」

不過，我心裏依然疑惑：你以前不是經常幫那些老闆們陪客嗎？忽然想起一句成語來，浪子回頭，或許她是浪女回頭了？果真如此，我也替她感到高興。

後來，我提了一個要求：不要去酒店吃飯。

「酒店除了環境好點之外，沒什麼可取之處，還是去專門的酒樓。」我說。

「我知道一家，專門吃野味的。那裏的野兔、野豬肉，都做得不錯。」孫露露說。

我當然相信她說的話，因為她以前就是專門兼職陪客的，「好，就去那裏。」

她們兩個女人在前面走，我和康得茂跟在後面，我輕輕拉了他一把，怪笑著對他說道：「得茂，我現在才發現你很厲害啊。今天你可是把寧相如感動了啊，而且，還早有預謀地把孫露露請到了她的公司裏面來了。」

「她以前的那個秘書不行，樣子很平常不說，而且還高傲得很。所以，我覺得，她公司裏面就缺這樣一個人。」他笑著說。

「我明白了，你是不想讓寧相如今後親自去陪客。」我低聲地笑道。

他看著我苦笑，「我什麼事情都瞞不過你。知我者，馮笑也。」

我覺得，有件事情還是需要向他說明一下，「得茂，不是我過分，我必須替常姐著想。」

他急忙擺手，「你別說了。我知道的。你下樓的時候，我專門對相如講了呢。其實她開始的擔憂也是對的，不過，女人畢竟是女人嘛，總沒有男人那麼大氣。幸好她即刻改變了主意。其實馮笑，有你當中間人，我是最放心不過的了。你看得起那八百萬？呵呵！現在我可知道的啊，原來你是江南集團林老闆的女婿。」

「別說這個。」不知道是怎麼的，我竟然有些尷尬起來。

「馮笑，我很奇怪，這個專案這麼好，你怎麼不把它介紹給你岳父？」他問道。

我身上即刻湧起了雞皮疙瘩，都是他所說的「岳父」那個詞鬧的，「他本來也想參與的，但是後來有人對他說，那個專案不吉利。呵呵！他很迷信呢。」我撒了個謊。

「哈哈！」他大笑，「原來如此。不過這樣也好，否則，相如哪裏還有機會啊？」

我也大笑，「你才只是脫了人家的衣服，就相如、相如地叫起來了？晚上你若是把她那樣了，肯定就叫她如了。」

「聲音小點！」他大驚，急忙去看前面的兩個女人。當然是虛驚一場。

「馮笑，我覺得你今天一定可以把小孫搞定的。小孫很漂亮的啊，你看她那兩個酒窩，多迷人。」

「古時候男人娶老婆，同時也要把老婆的貼身丫鬟給辦了的，你就把她們兩個一併克服了吧。」我低聲笑道。

「我哪裏有那麼好的身體？」他大笑。

「你們兩個，在後面說什麼？怎麼笑得這麼開心啊？」寧相如轉身問我們兩個人道。

「馮笑剛才說了個笑話，太好笑了。」康得茂急忙地說道，同時朝我眨眼。

「太好了，一會兒馮醫生一定要講給我們聽啊。」寧相如說。

我瞪了康得茂一眼，「你這傢伙，我哪裏來的笑話？你趕快給我講一個。不然的話，一會兒就麻煩了。」

「你們醫院那麼多好笑的事情，隨便講一個就是。我講的不行，和你的專業不匹配。」他說。

我不禁苦笑。

到了吃飯的地方後，才坐下，寧相如就讓我講笑話。

剛才在車上的時候，我一直在絞盡腦汁搜尋腦子裏面的笑話，但卻發現什麼也沒有。現在，她忽然提出來了，結果，我反倒從腦子裏面冒出了一個，「三個護士談她們如何捉弄新來的醫師。第一位說：我把藥棉塞在他的聽診器裏。第二位說：

我用針把他抽屜裏的保險套都戳破了。第三位護士聽完，當場昏倒……」

她們兩個頓時大笑，康得茂卻說道：「肯定是你剛剛開始工作時候的事情。」

我哭笑不得，「別胡說！」

她們倆笑得更歡了。

喝了一陣子，大家都沒很醉，只是有些興奮。

康得茂挨著寧相如坐，後來就興奮得抱住了她。

寧相如並沒有躲避的意思。

孫露露看了我幾眼，神色古怪。

「小孫，過去挨著你馮哥坐啊。」康得茂對她說。

我嚇了一跳，「好了，今天到此為止吧。」

「去唱歌吧。」康得茂說。

「不去了。得茂，你最好不要去那樣的地方，你的身分特殊。」我說。因為我見過端木雄在皇家夜總會裏面的樣子。正如寧相如說過的那樣，康得茂能夠到現在這一步不容易，他不能去和端木雄相比，畢竟端木雄的級別和背景不一樣。

「是啊，得茂，你還真的要注意了，千萬不要得意忘形才是。」寧相如也說。

我發現寧相如現在對他說話的語氣都變了，心裏很是懷疑康得茂。我感覺，他肯定那天晚上就已經把寧相如搞定了。

「唉！難得想好好高興一次。算了，身不由己啊。」康得茂感歎道。

「露露，去結下賬。」寧相如對她的助手說。

孫露露笑著去了。

「一會兒讓小孫送你吧。」康得茂對我說道。

「不用，我自己搭車回去就是。我們之間就不要那麼客氣了。主要是，我現在開車技術還不熟練，所以，不敢在喝酒的情況下開車。」我說。

「算了，還是相如開車送吧。」康得茂說，很不情願的樣子。我知道他這是故意說這句話，目的當然很明白。

「好吧，讓小孫送我吧。」我說，隨即去看了寧相如一眼，發現她早已經是滿臉緋紅。

「姦夫淫婦！」我在心裏笑著，暗罵了一聲。

寧相如和康得茂離開了，我和孫露露站在酒樓的外邊，看著那輛白色的寶馬離去。

江南的冬天更加寒冷了，我禁不住打了一個寒噤，「小孫，你住什麼地方？我叫車送你吧。」

「我暫時還是住在單位的宿舍裏面。馮大哥，我們走走吧。好嗎？我可是很久沒有清閒地在街頭散步了。」她說，隨即過來挽住了我的胳膊。

我的身體震顫了一下，沒有去掙脫她。我的內心在掙扎。馮笑，你不能再像以前那樣了，不能……

「小孫，我想回家去了，外邊太冷了。」

「馮大哥，你是不是看不起我？是不是因為我以前做的那份兼職工作而覺得我是壞女人？」她在我耳畔幽幽地問道。

她的個子比較高，今天還穿的是高跟鞋。

「我知道你有你的底線，我聽別人講過。」我說。

「唉！其實也差不多，我的身體被那些男人肆意地糟踐，雖然堅守了最後的那個底線，其實和丹梅姐也差不多。」她歎息道。

「這些年，你們也掙了不少的錢吧？幹嗎還幹這個？」我忍不住地問道。

「丹梅姐可是把她的身體糟踐壞了。馮大哥，你還給她檢查過的是不是？」她沒有回答我的話，卻反過來在問我道。

「她現在怎麼樣了？」我問道，也避開了她的這個問題。即使她們之間那麼熟悉，但是我依然不能談及沈丹梅的隱私，因為她是我的病人。

「她出國去了。她這些年拚命掙錢的目的，就是為了出國。」她說。

「為什麼？在國內不好嗎？」我詫異地問道。

「她的夢想就是出國，然後在國外開一家彙集中國各種特色小吃的餐館。現在，她的資金基本上湊齊了。」她說。

我很詫異，「她不是演員嗎？幹嗎要去幹那件事情？她去的是哪個國家？」

「我也不知道，她只是告訴過我，說那是她最大的夢想。她去的是澳大利亞。因為她說，她怕冷。」她說。

我頓時愕然，一會兒後才問她道：「那麼你呢？」

「我是因為窮。我的夢想就是在省城買一套大大的房子，然後，把我父母接到這裏來一起住。呵呵！馮大哥，我是不是很沒有理想？」她笑道。

「你現在應該可以買了吧？貸款也可以的啊？」我問道。

「可以了。現在，寧總給我的待遇不錯，貸款一套房子很輕鬆的。對了，馮大哥，麻煩你給林老闆說一聲好不好？我看上了他開發的一處社區的房子了，請他幫我打個折。」她問我道。

「你和他不是很熟嗎？」我說道，從心裏面不想去說這件事情。

「只是熟而已，他每次找丹梅姐和我，都是直接給錢。所以，我們和他也就是一種業務關係。」她說。

「你問了他再說吧，說不定他要給你打折呢。」我說。

「算了，反正打折又不多。打個九八折，也才少一兩萬塊錢。除非他給我打九折。呵呵！」她說。

「抽空我問問他吧，或者我問問上官琴。對了小孫，我看你年齡也不小了，怎麼還不交男友啊？你這麼漂亮，找一個有錢人家的男孩子應該沒問題吧？」我說，前面的話僅僅是一種敷衍。

「找上官琴沒用，必須找林老闆。」她說，「馮大哥，你問我幹嗎不談戀愛是吧？其實我是害怕。」

「害怕？你害怕什麼？」我詫異地問道。

「我姐姐是自殺的。」她忽然說了這麼一句話出來。

我發現她今天的思維有些跳躍。你姐姐自殺和你戀愛有什麼關係？

她繼續在說：「我姐姐曾經喜歡上了一個男人，她愛他愛得死去活來，後來他們結了婚，還有了孩子。在我姐的心裏，那個男人就是她的整個世界。可是後來，那個男人卻背叛了她，而且，不止一次地背叛了她。我姐的世界頓時垮掉了，所以，她就選擇了自殺。於是我就想，今後，我一定要找一個愛我的男人，即使我不愛他也可以，因為那樣的話，我就可以慢慢愛上他，而他不會背叛我。」

「你這想法有些奇怪。」我說。

「馮大哥，這是我的真實想法。我和我姐一直關係很好，她死得好慘。從樓頂上跳下來，整個人完全地面目全非了。唉！這就是女人癡情的代價。現在，我們家就我一個孩子了，所以，我必須讓我的父母過得好一些，這個責任全部落在我的肩上了。上次你說我乳房裏面長了腫塊，當時我可嚇壞了。不是我怕死，是我忽然想到了我的父母。我想，要是我死了的話，他們怎麼辦啊？」她說，聲音在哽咽。

我頓時沉默。

「馮大哥，乳腺裏面長包塊是什麼原因啊？」她在問我道。

「原因很多。比如遺傳、精神壓力過大、食物、環境污染，更多的是女性激素水準的不穩定，特別是晚婚晚育的女性，更容易發生。」我說。

「為什麼晚婚晚育反倒容易出現那樣的情況？」她詫異地問道。

「人是自然界中進化得最完美的動物。什麼時候該結婚，什麼時候該生孩子，這是一種自然的過程，如果不遵循按照這個自然的過程，那就很容易生病了。」我說。

「我不懂呢。」她說道。

「說到底就是女性激素的改變，中醫的說法就是陰陽要平衡。男大當婚、女大當嫁，說的就是這個道理。男人的雄激素積累到了一定的階段，就需要雌激素去綜合它，女人也是一樣。明白了吧？」我還是說得很表淺，因為這件事情確實不大好解釋。

「哦，不就是陰陽結合嗎？就是做愛是吧？」她問道，隨即發出一陣輕笑。我的心裏頓時有了一種異樣，「是這樣。小孫，你不要告訴我說，你從來沒有做過那樣的事情。」

「馮大哥，你好壞。」她輕笑。

她繼續說道：「不過說實話，我好幾年沒做過那樣的事情了。」

我急忙地道：「我們別說這件事情啦。」其實，我的心裏已經開始蕩漾起來，所以，很擔心自己不能克制。

「馮大哥，我很感謝你的。如果不是你的話，我那個腫塊很可能就惡化了。幸虧發現得早。」她說著，忽然抬頭道：「馮大哥，到了我們單位了，你進去坐一會兒吧。」

我這才發現，自己眼前是一處矮舊的房屋，在這座城市光怪陸離的夜色中，它顯得那麼的灰暗與破舊。

「不了。」我說。其實內心有些猶豫。

「走吧，我還想請你再給我檢查一下呢。走吧，好嗎？」她的嘴唇在我耳邊說道，聲音是那麼的勾魂奪魄，它穿透了我耳朵的鼓膜，一直到達了大腦神經。

她的手在我的胳膊上輕輕拉了一下，我的雙腿便不聽使喚地跟著她往前走去。

這地方確實很破舊，不過綠化倒是不錯，只是在昏暗的路燈下顯得鬼影幢幢的，而且根本看不到其他人在路上走動。四周一片沉寂。除了我們的腳步聲什麼也沒有。

我是醫生，可是現在，連我都感到有些害怕了。

「小孫，你們單位怎麼這樣？」我低聲地問她道。

「白天還有人，到了晚上全部出去了。最開始的時候，我經常一個人在寢室裏面，後來，還是丹梅姐叫我出去做兼職的。當時我想，與其每天晚上在這樣一個鬼氣森森的院子裏面待著，還不如出去賺錢呢。」她輕笑道，隨即問我：「馮大哥，你還是醫生呢，難道你也害怕了？」

「還別說，我真的有些害怕了。」我心裏真的惴惴起來。

「這裏是墳墓，我是女鬼。」她的唇來到了我的耳畔。

我驟然一驚，背上即刻起了一層雞皮疙瘩，忽然想起她剛才呵出的氣是暖和的，我頓時苦笑。

裏面好像還很大，眼前是一棟棟低矮的樓房，黑黑的，少有光線。

她放開我開始上樓。我跟在她身後。樓梯是木板的，走上去「咚咚」地響。「咚咚」的聲音在整棟樓裏面迴盪，讓人聽起來感到有些害怕。因為在這靜謐的夜裏，腳底與木板碰撞發出的聲音顯得更大了，而且似乎還有回音。

一直走到樓道的倒數第二間門口處，她才停了下來，然後掏出鑰匙開門。

「小孫，你住這裏不害怕？」我在她身後問道。

「習慣就好了。」她說。

門打開了，她隨即打開了燈，轉身朝我在笑，「馮大哥，請。」

房間裏面的簡陋讓我感到吃驚。

一張單人床，木質的，有些破舊。一張小桌，一把籐椅。唯一的傢俱是一個陳舊的衣櫃。如果不是床單和被子還有窗簾的質地看上去不錯的話，我完全不敢相信，這是一個女孩子的房間。

「不好意思，我這裏條件太差了。」她說，並不扭捏，神態自然。

「確實太簡陋了，我想不到你竟然住這樣的地方。」我不禁感歎。

「習慣就好了。馮大哥，你喝咖啡嗎？」她問道。

我搖頭，「不喝了，把你送回來就可以了，我馬上得回去。」

「你真的要走？」她看著我，滿眼的哀怨。

我有些奇怪，「小孫，你不是有你的底線嗎？」

「你不一樣，因為你救了我。而且，你剛才不是說了嗎？我是因為激素什麼的對不對？」她看著我，滿眼的風情。

她很漂亮，非常的漂亮，身材修長，皮膚白皙，特別是她嘴角的那兩個小酒窩更顯得她的美麗迷人。我承認自己的心開始在動了。

可是……我依然猶豫，因為我隱隱地覺得，好像有什麼地方不對勁。

可是，她卻已經朝我靠了過來，擁住了我，嘴唇輕輕地來到了我的唇邊。嬌喘聲頓時響起。

我的激情如同被打開的閘門頓時奔瀉了出來，加上酒精的作用，我的狂亂逐漸在加劇，眼前是她白皙細膩的肌膚，還有她肌膚上絨絨的寒毛。她躺倒在了那張床上，抱住我一起躺了下去。

一會兒之後，我只剩下了內衣褲，忽然感到有些冷，禁不住打了一個寒噤。

她頓時笑了，「我把電熱毯開上。」她說著，隨即俯身去到床的一側。

回來後，她緊緊地將我擁抱住，「馮大哥，蓋上被子……」她的唇又來到了我的耳畔。

我急忙拉開床上的被子，然後將她罩了進去。

「你不會還是處女吧？」我問了她一句。

她沒有回答我，「馮大哥，我好想要你……」

我心裏的激情噴發，現在，我根本就不管她是不是什麼處女了，緊緊地將她的腰部抱住，不住地猛烈起伏……

她在仰頭，在呻吟。

我感受到了從所未有的快感與激情。許久之後，我發出了悠長的聲音，自己的那一聲長長的呼喊，彷彿是發自心靈的深處……

接下來是沉靜，永恆的沉寂。

她緊緊貼靠在我的胸前，雙手將我的頸項環抱。

一直到手機響起，我才猛然地從沉睡中醒轉過來。

「姑爺，小姐她現在不大舒服。」電話是保姆打來的。

我豁然驚醒，猛然坐立了起來。

「我馬上回來。」說完後，我即刻壓斷了電話。

「怎麼啦？」身旁的她也驚醒了。

「家裏出事情了，我必須馬上回去。」

「那你快去吧。」她說著，起身去給我拿過內衣褲。

我快速地穿上衣服，一邊看著她，卻不知道說什麼好了。

她卻在朝著我笑。

我朝她笑了笑，轉身準備離開。

忽然，身後卻傳來了她的聲音，「馮大哥，你要賠我，你看！」

我轉過身，發現她已經揭開了被子。

我頓時駭然——我看見，床單上面竟然有著點點的血痕。

「你……你竟然是處女？」我驚訝地問她道。

「剛才，你沒感覺到？」她問我道，白皙的臉上一片紅暈。

「我……」我張口結舌起來。

我開門離開，腳下是「咚咚」的聲音，與我的心臟同一個節律。我自責不已。

我沉睡了三天。

這三天我是想躲避，但是特意沒關手機，卻沒有等到孫露露的電話。

陳圓並沒有什麼大問題，就是血壓稍微有些高，下肢有輕微的水腫。對我來講，這並不是什麼大事，因為懷孕出現這樣的情況很普遍。但是她心裏很害怕。

我安慰了她一番後，她的情緒就穩定了下來。我覺得，她是想我早點回家。

所以，我在家裏待了三天沒有出門，有人打電話叫我出去喝酒什麼的，我都拒絕了。

中途林易和施燕妮來過一次，主要是來看陳圓。

想了很久，我還是問了林易一句，「假如我的熟人要買你的房子，你可以打多少折？」

「誰啊？」他問道。

「孫露露。她在我老鄉的公司上班，才碰到了她。」我說。

他只是對我說了一句，「你讓她自己來找我吧。」

我隨後給孫露露發了簡訊。沒敢給她打電話，因為我覺得，自己無法面對她。

第六章

被提拔的小人

我現在明白為什麼只有她和董主任被抓的原因了。
王鑫一定提前給醫院領導遞過信，因此得到領導重用。
雖然他這樣做顯得很小人，但現在被提拔的小人還少嗎？
關鍵是領導喜歡。
王鑫這次的功勞不小，相當於把領導們從監獄裏面拉了回來。

三天後是週一，我的假期結束。我心裏有些鬱悶，假期裏我什麼事都沒有做。

上午剛剛開完醫囑，就接到了一個電話，蘇華的，我很驚喜，因為她給我打來電話，就說明她已經被放出來了。

「馮笑，謝謝你。」她說。

「你在什麼地方？」我驚喜地問。

「在你家裏。」她說。

我頓時懵了，「我家裏？哪個家裏？」

「你原來的家裏啊。你有空嗎？過來一下，我心情很糟。」她說。

上午沒手術，病人都處理完了，我給護士長說了聲，就離開了病房。

幾分鐘後，我就到了我曾經的那個家裏。蘇華將房門打開著的，我進去後將門關上。她在沙發處坐著，在哭泣。

我去到了她身旁，坐下，「出來就好啊，別哭了。」

她揩拭了眼淚，朝我淒然一笑，「是，謝謝你。」

「究竟怎麼回事？怎麼就你和董主任出問題了？」我問道，這是我一直很不解的一個問題。

「你還記得王鑫上次請我吃飯的事情吧？」她問我道。

我想了想，頓時記起來了，於是點頭，「他請你吃飯，和這件事情有什麼關係？」

「那天請客的是一家醫療器械公司。就是後來告另外一家公司的那幾個人。那天，他們主要是想做我們醫院的器械，但是我不可能答應他們，因為董主任已經接觸了另外一家。很明顯，王鑫後來知道了那家公司要告狀的事情，所以，醫院的領導，包括設備處的人，才一個沒出問題。就我和董主任不知道，所以……算了，事情已經出了。現在，我已經把錢退了。不過，我的工作可能會沒有了。馮笑，你說我可悲不可悲？想我蘇華曾經是那麼的好強，那麼的不願意服輸，結果到頭來，真的什麼都沒有了。」她說，又開始流淚。

我忽然想起她曾經對我說過的事情，她說她會儘快還我的錢，原來，她是想通過不正當的方式得到錢，所以才會那樣對我講。現在，我不好繼續責怪於她，因為再責怪她已經毫無意義了。

不過，我現在完全明白為什麼只有她和董主任被抓了。很明顯，王鑫一定提前給醫院的領導遞過信。

這個人肯定會因此而得到領導重用的。雖然他這樣做顯得很小人，但是，現在被提拔的小人還少嗎？關鍵是贏得領導的信任。王鑫這次的功勞不小，相當於把領導們擋在了監獄門外。

「董主任呢？他出來了沒有？」我問道。

她搖頭，「辦案人員只是對我說，說我交代問題態度好，退贓積極，而且金額不大，所以讓我出來了。還說，今後要讓我隨時接受調查，不得離開本地。今天一大早，醫院紀委把我叫了去，他們告訴我說，醫院可能不能再用我了，最近幾天就下文，讓我隨時聽候處理。還說不知道是誰給我打的招呼，不然，我根本就不可能被放出來，還說董主任還在裏面呢。我想，只有你可能幫我，因為我沒有其他的朋友。」

「要不我去找一下章院長，讓他考慮一下，繼續把你留下來？」我說。

她搖頭，「我現在這樣了，怎麼還有臉留在醫院？」

「那你準備怎麼辦？」我問道。

「馮笑，你幫我想想辦法好不好？」她問道。

我忽然想起了陳圓以前的那個工作，「孤兒院的工作你願不願去？只不過是在郊外。」

「有一份工作就可以了。郊外更好。這樣，我還可以遠離這個城市的人呢。這個孤兒院是民政局的單位嗎？這可是國家單位，我去不了的。」她說。

「是江南集團的。」我說。

「人家會要我嗎？我現在都這樣了。」她擔憂地說。

「我問問再說吧。」我說。

「馮笑……」她叫了我一聲，「我借了你那麼多錢，現在還得讓你繼續幫助我，我怎麼感激你啊？」

我搖頭，「蘇華，你是我學姐，所以，你就不要說什麼感激的話了。」

她又開始流淚，「現在我什麼都沒有了，除了我的身體。要麼我給你當情人，你養著我，要麼我去找一份工作。如果你要我的話，我隨時可以給你的。」

「蘇華，你別這樣。即使你沒有工作，我也會想辦法幫助你的。那筆錢的事情你別說了，如果你要裝修什麼的，我再借給你錢就是。唉！想不到你竟然遇到這樣的事情。我聽說過，人這一輩子總是有段時間要走楣運的，也許過了這一段時間就好了。不過蘇華，從現在開始，你一定要隨時保持冷靜，千萬不要再出什麼問題了。」我歎息著說。

「馮笑，是你幫我的，是嗎？」她問我道。

我點頭，「你出了事情，我不幫你還有誰幫你？對了，江真仁給我打電話了。他也很關心你。蘇華，你考慮過沒有？是不是和他……」

她搖頭，「現在我更沒資格去和他談條件了。而且，他會更加看不起我。馮笑，你為什麼要幫我？」

「因為你是我學姐啊。」我說。

她搖頭，「你不僅僅是如此吧？因為我是你的女人。是不是這樣？」

我頓時不語。

她過來抱住了我，「馮笑，我知道，只有你才是真心在幫助我的。我願意做你的女人，雖然你不可能和我結婚，但是我願意一直跟著你，甚至為你生孩子也行。」

我的身體動了動，「蘇華，你別……」

可是，她的唇已經到了我的唇上……

就在沙發上，我們完成了一切。她的動作有些瘋狂，彷彿要把她最近的煩悶和痛苦完全發洩出來似的。

之後，她匍匐在我身上，說，「馮笑，學姐今後就是你的女人了，你隨時要我都可以的。」

我不知道該如何回答，只好用手在她光潔的背部摩挲。

「你快點回去上班吧，你現在是副主任了，這樣不好。」她說，隨即從我身上起來。

林易同意了蘇華去孤兒院上班的事情，不過，他接下來說了這麼一句話：「待遇不可能像小楠那麼高。當初我給小楠的待遇，完全是看在你的面上。」

「她是我學姐，現在情況這麼慘了，而且，她還是婦產科醫生，那些孩子的健康問題，她今後可以一併處理。對於你這麼大的企業來講，那點工資不算什麼吧？」我說。

「好吧。」他最終還是讓步了。

我當然很高興，隨即讓蘇華馬上去上班。

蘇華得到了消息後什麼也沒有說，只是在電話裏面哭泣。

我心裏不住歎息。

我發現女人的事情確實很麻煩，沒有哪一個能夠讓我省心。

下午的時候，寧相如來到我們科室，「馮醫生，麻煩你幫我看看，我覺得不大對勁。」

「什麼地方不對勁？」我即刻把她當成了病人。

「撒尿痛，而且白帶很多。」她說。

我心裏一沉，難道……

「你跟我到檢查室來吧，我給你檢查了再說。」

看來是淋病。我給她做了個塗片。不多久，護士拿回了檢查結果，完全證實了我的想法。

「你最近和誰在一起？」我們已經比較熟悉了，所以我問得也很直接。

「馮醫生，你和康得茂的關係不錯是吧？他和其他女人有關係嗎？」她問道。

我頓時吃驚不已，「不會吧？他應該很穩重的。」

「反正我最近就和他那樣過。」她說。

「我給你開藥，你看是輸液呢，還是口服抗生素？」我不想和她說這個問題，直接問她道。

「口服吧。輸液很麻煩，而且影響也不好。」她說。

我點頭，「這個藥效果不錯，不過，你開始的時候一定要加大劑量。連續吃三天，到時候再來檢查一次。不過，輸液的效果最好，因為吸收快一些。」

「那麼，現在到你們病房輸液吧。可以嗎？」她問道。

我點頭，「可以，明大我門診，你到門診來輸液吧。上午和下午各一次。對了，專案有消息了嗎？」

她詫異地看著我，「你不知道？」

我頓時緊張了起來，「怎麼？我知道什麼？」

「我公司已經得到了那個專案啊？常廳長沒有告訴你？」她詫異地問道。

「是嗎？最近幾天我總是關機，太好了。」我說，心裏在想：她不告訴我，難道你也不告訴我嗎？轉念一想頓時明白了：常育不告訴我，或許是因為她覺得早就答應了我，或者不方便在電話裏面對我說。寧相如不告訴我，是因為她以為我早知道了，而且她已經付了錢。

不過，在得到了這個消息後，我還是非常高興的，因為直到現在，我才真正感覺到自己身上的那張卡是屬於自己的了。不，是屬於我和常育的。

開好了藥，給了護士錢後，我讓她帶寧相如去護士站臨時病床處輸液。

然後，我即刻給康得茂打了電話。我在單獨的辦公室，不擔心被別人聽到。

「專案的事情你知道了吧？」我問道，心裏在想，怎麼告訴他寧相如的病情。

「知道了啊，謝謝你。想不到，她那麼看重你。」他說，很愉快的語氣。

「你的卡拿到了嗎？」我問道。

「嗯。」他說，就這一個字，我頓時覺得他可能說話不方便，「得茂，你身體最近是不是不舒服？寧老闆現在我這裏輸液。」

「她找你看病了？」他問道。

「我問了，她說最近只和你在一起。我沒有別的意思，只是提醒你，最近不要和你老婆同房，明白嗎？」我說。這才是我打電話給他的真實目的。

「女人的話，難道你都相信嗎？」他說。

「我不管那些。不過，如果你也有異常的話，最好儘快輸液或者服藥，我馬上給你開藥也行。得茂，你千萬不要諱疾忌醫啊。」我說。

「晚上你在什麼地方？」他問道。

「我值夜班，你到我科室來也行，我的辦公室是單獨的，方便。」我說。

「好吧，我們見面再說。」他掛斷了電話。

我怔了一下，搖頭苦笑，隨即給常育發了一則簡訊：我想見你。現在。

幾分鐘後她回覆了：你到我辦公室來吧。

我急忙開車出門。

半小時後，我到了她的辦公室。

「馮笑，你這樣很好，從今往後，不要在電話裏面說太多的事情。」她笑著對我說，隨即把我讓到了沙發處。

「姐，謝謝你。蘇華的事情，還有專案的事情。」我說，即刻拿出了那張卡來，「這裏是八百萬，我查看過了。」

「我們那個社區裏面還有幾套別墅，我已經給你預定了一套。據我所知，你現在的住房好像都不是你自己買的。房產最近增值很快，這筆錢我是不會要的，但是我希望，你拿去投資。」她說。

「姐，這怎麼可以呢？」我說道，覺得自己決不能獨自要這筆錢。

「馮笑，我不能要這筆錢。一是我馬上要離開這個單位了，不能給人留下任何的把柄。二是，你現在需要錢。姐不能給你其他的，能夠讓你賺點錢，是姐唯一可以替你做的事情了。錢是死的，人才是活的。我希望你把這筆錢拿去投資。

「馮笑，你是男人，不能老是讓別人安排你的一切。所以，我覺得你應該自己去買一套房子，房產證上面寫上你自己的名字。這樣會讓你更自信。你明白我的意思嗎？」她對我說，神態真誠。

「可是姐，這筆錢……」我還是覺得不大好。

「我需要的話會找你要的。放在你那裏，比放在我這裏安全。現在，領導幹部都要申報自己的財產，所以，放在我這裏不好。馮笑，我完全信任你，難道你連你自己都不相信嗎？」她笑著對我說。

「好的。」我這才不說什麼了。

「今後，我的其他錢可能也會放在你那裏。因為我信任你。不過，你得想個辦法，讓你的錢變得合理合法起來。你那個老鄉怎麼樣？我覺得你可以和她合夥做某件事情，這樣才可以把你的資金合法化。對了，陵園的專案你最好不要參與。」她又說道。

「我想想。」我說。

「今後，我管轄範圍內的專案，最好不要讓你那個老鄉再參與了。不然，別人很容易聯想到現在這個專案的。明白嗎？」她接下來又說。

我點頭。

「你學姐的事情，不是一件人事，你告訴她，今後一定要小心。」她隨即吩咐我道。

「我讓她去林老闆那裏上班去了。那家孤兒院。」我說。

「你的錢不要投資到林老闆那裏去。這個人，我現在還摸不透。俗話說，樹大招風，我很擔心今後會出什麼問題。」她說道。

「他一直想結識黃省長。」我說，只說了這麼一句。

「以後再說吧，我看看情況再說。等那個專案實施完成後就知道了。一個生意人究竟怎麼樣，從他對待金錢的態度上，就可以看出來的。」她說，隨即看了看時間，「馮笑，晚上你做什麼？」

「我今天晚上的夜班。」我說。

「晚上我有個應酬。姐累死了，你幫我按摩一下，我們去裏面。」她說，朝我瞟過來一個媚眼。

回到科室的時候，寧相如早已經輸完液走了。我回家吃的晚飯。陳圓很高興。

她高興的樣子，讓我內心的愧疚減少了幾分，這也是我要回家吃飯的原因。

「晚上我夜班，明天一天的門診，你要注意自己的身體。現在，距離你生產的時間越來越近了，一定要注意。明白嗎？」我對她說。

「嗯，我想你的時候，可以給你打電話嗎？」她問。

我搖頭，「我是在上班，老打電話不好，病人會有意見的。不過，如果真有什麼急事的話，你給我打手機吧。」

她很不情願地答應著。

我握住了她的手，柔聲地對她道：「今後我一有空，就會儘量陪著你的。」

「哥，我是不是讓你覺得有些厭煩了？」她低聲地問我道。

我搖頭，「怎麼會呢？你乖乖的啊，別胡思亂想。」

「哥，如果我今後生孩了你只能有一個選擇的話，你會選擇我，還是選擇孩子？」她問道。

「你胡說什麼啊？」我頓時不高興起來，「陳圓，你最近怎麼啦？怎麼老是去想這些亂七八糟的事情？」

「我說的是假如，你告訴我好嗎？」她笑道。

「假如也不行。」我說，「這還有什麼說的？當然是選擇你了。孩子可以再次懷上，孩子的媽媽不可能放棄。」

「不，如果真的是那樣的話，我希望你選擇孩子。孩子是我生命的延續，有了孩子，即使我死了也無所謂。」她搖頭道。

這下我真的生氣了，「陳圓，你這樣下去很不好。明白嗎？沒有什麼比你自己的生命更重要。我希望你明白這一點。好了，我得上班去了。你要乖乖的啊，千萬不要再胡思亂想了。你的高血壓和水腫，是孕期婦女常見的情況，你去看看我們病房裏面的，懷孕晚期的幾乎都有這樣的情況。」

「正常的都在家裏呢。哥，我知道的。你去上班吧，我沒事，只是說著玩的。」她笑著對我說。

離開家的時候，我還是有些不放心，於是去叮囑了保姆很久才離開。

康得茂是在晚上九點過才到科室來的，而且滿身的酒氣。

「你這樣的身體，怎麼還喝酒？會加重的。」我對他說道。

「麻煩你給我泡杯茶，然後輸液吧。沒辦法，單位上的應酬。」他說。

我給他泡了一杯濃茶，然後給他做皮試。

「得茂，我們是老同學，所以，我覺得應該提醒你一下，有些事情最好不要去做，你現在的一切來之不易，希望你一定要珍惜。常姐也說了，她說你是一個難得的人才呢。」

「馮笑，本來我不想對你講的。唉！」他卻忽然歎息了一聲。

「怎麼了？究竟是怎麼啦？如果說你會去嫖娼，打死我都不會相信的。」我說，「可是，你分明又患上了這樣的病。究竟是怎麼回事？」

「我老婆出軌了，和她以前的同學。馮笑，你說我該怎麼辦？」他的神情頓時黯然。

「你的意思是說，你這個病是她傳染給你的？」我問道。

他點頭，「你說這樣的老婆還能要嗎？」

「你準備怎麼辦？和她離婚？」我問道。

「我倒是想離婚。但是孩子怎麼辦？而且最近，領導已經找我談話了，準備調我去下面任職。算啦，過段時間再說吧。真是報應啊，淫人妻女者，自己的老婆也被別人那樣了。」他在那裏唉聲歎氣。

「你以前不是很規矩的嗎？你第一個老婆還不是那樣了。你想過沒有，究竟是什麼問題？是不是你在家的時候，給她的溫暖少了？」我問道。

「不說了，反正我遲早是要和她離婚的。等我這次的安排一到位，就和她離婚。我是男人呢，怎麼能夠忍受如此的奇恥大辱？不過老同學，我希望你不要把這件事情對任何人講。好嗎？還有一件事情，就是那張卡的事情，我想暫時先放在你這裏。我離婚的話，肯定不會以她出軌為理由的，那樣的話，我會很沒臉面的。所以，我不想把這筆錢作為共同財產被分掉。」他隨即說道。

我點頭。看了看他皮試的地方，隨即開始給他輸液。

「得茂，我覺得這件事情，你得向寧總解釋一下。不然，她會把你看成那樣的男人的。」

「麻煩你有空告訴她吧，我怎麼好意思說？」他歎息道。

「你卡裏有多少錢？」我忽然想起一件事情來。

「怎麼？」他問我道，滿臉的疑惑。

「我覺得，這筆錢放在我這裏也不好，最好的是我們拿去投資。」我說。

「你有什麼具體的打算？」他問道，很感興趣的樣子。

「上次我們一起喝酒，然後我送小孫回去。我發現她們單位那個地盤不錯。我想，如果能夠把那塊地拿下來的話，肯定有搞頭。」我說。

他搖頭，「那塊地我知道，省裏面很多房地產公司都看著呢。領導出面的也很多，現在完全處於一種僵持的狀態。所以，大家都不好去動它。」

「主要有哪些公司？」我問道。

「起碼有三家公司看上了那塊地。」他說，「反正都有上面的關係。」

「如果能夠把那三家公司一起拉進來的話，豈不是就可以解決這個問題了？」我說。

「都是大公司，誰也不願意讓步，很難。」他搖頭道。

「你認識那三家公司的老闆嗎？」我問。

「只是認識，沒更深的關係。」他說道，「這件事情你別想了，反正不可能。

不過，你說的投資的想法，我倒是贊同。這樣，我最近問問國土局的朋友，看能不能找一塊小點的地塊，我們和寧相如的公司一起開發。這樣好，至少可以把我們的錢洗乾淨。」

「好，你問問再說。」

我忽然又想起了一件事，「得茂，你剛才說，最近要到下面去工作？」

「常廳長最近要調到省城周邊的一個地級市，任市委書記。她要了我，讓我去任市委辦公廳的秘書長，進常委。謝謝你啊，如果不是你的話，我提拔得不會這麼快的。正處級了。我簡直不敢相信這一切是真的，感覺像是在做夢一樣。」他說。

「太好了。」我心裏很是替他感到高興，隨即想到了另外一件事情，「得茂，你離婚的事情，最好還是向常姐彙報一下，聽聽她的意見。」

「肯定的，等我上任了再說吧。」他說。

他輸完液已經是晚上十一點過了。我送他出了病房，然後看著他開車離開。我轉身正準備回病房時，忽然聽到一個聲音在叫我：「馮大哥。」

急忙去看，發現是孫露露。她正從黑暗中走出來，俏生生地站在那裏看著我。

「你怎麼來了？」我問道。

「我來了很久了。問了值班的護士，她說有人在你辦公室和你談事情。我到你辦公室外，聽到是康處長在裏面，隨後就出來了，一直在這裏等他離開。」她說。

我心裏有些感動，同時又有些憐惜，「外面這麼冷，你快進來吧。」

她跟著我來到了我的辦公室裏。我隨手關上了門。

「馮大哥……」她看著我輕聲地叫了一聲。

我發現她的臉和手都被凍得通紅，急忙去將她的手握住，頓時感到一片冰涼，

「傻丫頭，怎麼這麼傻啊？給我打個電話不就得了？」

「我以為他很快就會離開的。」她說。

「傻丫頭。」我輕輕去將她擁在了懷裏，用自己的臉緊緊貼在她冰冷的面孔上面，「你找我有事嗎？」

「沒事，就是想看看你，我好幾天沒看到你了。」她說。

「我有什麼好看的？」我說道，隨即讓她坐到了我對面，打開了熱空調，又去給她泡了一杯熱茶，「喝點吧，暖和暖和。」

「林老闆給我打了九折。」她捧著茶杯說道。

我點頭，「我知道。」

「馮大哥，你一句話就讓我少出了十萬，我得謝謝你。」她說。

「不用。」我說，隨即看了她一眼，發現她今天有著往常不一樣的美麗，因為

今天她穿的是一件白色大衣，這讓她的肌膚顯得更加白皙，兩隻小酒窩也更加漂亮了，禁不住問了她一句：「你想怎麼樣感謝我呢？」

「你想怎麼樣就怎麼樣吧。」她飛了我一眼，臉再次紅了。

當然不會發生那樣的事情，這裏畢竟是我的辦公室，是婦產科裏面。她與曾經的莊晴不一樣。不過，我很高興，因為有她來和我說話。

一直到零點，我開車送她回去，她下車的時候親吻了我。

看著車燈下她孤零零走入黑暗中的身形，我心裏忽然有些不是滋味。

第二天是門診，寧相如很早就來了。我吩咐護士給她輸液。今天病人不是很多，也許是天氣變得寒冷的緣故，所以，我有時間和寧相如說話。

「昨天晚上，康得茂也來輸液了。」我對她說。

「別提他，我覺得噁心。」她皺眉說道。

「不是他的問題，是他老婆。」我說，隨即去看她的反應。

她果然詫異了，「不會吧？」

我點頭，「他自己告訴我的。我想，這樣的事情，他還不至於亂說吧，這畢竟關係到一個男人的尊嚴。而且，他準備和他老婆離婚。」

「怎麼會出現這樣的事情？太悲哀了。馮醫生，你是婦產科醫生，到你這裏來的病人中，有多少女人是因為出軌染上疾病的？」她問道。

我搖頭，「這倒是沒有統計過。我們一般不會問病人這樣的事情。」

「得茂真是可憐。」她歎息。

「你不再責怪他了？」我問道。

她搖頭不語。

我也感歎：同樣的一個問題，原因不同，結果卻截然相反。

「這件事情請你不要對其他人講。因為你是朋友，我才告訴了你的。」我即刻吩咐她道。

「嗯，我知道。馮醫生，你去忙吧，我輸完液就回去了，下午再來。幸好是這樣，不然的話，我不會原諒他的。」她說。

我很欣慰，同時也有些奇怪，因為我發現，自己把康得茂的名聲看得竟然那麼重。也許是我真的把他當成了自己朋友的緣故吧。我的朋友不多，所以我很在乎。

中午要下班的時候，來了一個人，她讓我很驚訝。

「到科室去找你，說你在上門診。」她對我說。

「有什麼事情直接給我打電話就是了。我的號碼你有的啊？」我說。來人是我曾經的病人唐小牧。

「我是專程請你晚上去我家吃飯的，我先生讓我來請你。他說打電話給你不大禮貌。」她說。

「今天我不大空啊。」我本能地拒絕。說實話，我覺得她的男人不大正常，所以，我不願意接受她的這個邀請。

「我先生說，一定要請你去，他有禮物要送給你。」她說。

我搖頭，「我不需要什麼禮物。」

「你看看這個。」她說，隨即從她的包裹拿出一份資料來，「這是我先生還沒完成的論文。他說，只要你看了這個之後，就一定會接受這個禮物的。」

我的好奇心大起，急忙接過來看，頓時震驚，「好，我一定去。你告訴我你家的地址，我下班後就去。」

一整天我都在興奮中，因為我看到的那份資料太讓我激動了。

第七章

女性福音

在超音波引導下經皮穿刺，直接穿刺病變部位，
通過局部熱能，使病變組織發生不可逆的
凝固、變性、壞死，最後被機體吸收或排出。
如果研究成功的話，將對女性是一個巨大的福音。

下班後，我就即刻開車去往唐小牧家裏。忽然想起了一件事情：怎麼沒問唐小牧她男人的手術效果怎麼樣？隨即，我笑了。很明顯，效果肯定不錯，不然的話，他幹嗎要請我吃飯？而且，還要送我那麼貴重的禮物？

到了目的地後，我發現這地方環境真不錯。這是一家科研單位，裏面的房子充滿古意，但是並不破舊。看上去像是二十世紀五六十年代的房子。與孫露露單位不同的是，這裏的房子維修得比較好，在保持了原貌的基礎上，給人以一種古舊的感覺。

這裏大多是兩樓一底的樓房，我開車進入後，發現要找到唐小牧的家有些困難，因為這裏面的房子都差不多。於是，急忙打電話。

「我們家就在水塔後面，三棟單獨的樓房中間的那一棟。」她說。

果然找到了。我才發現，她家原來是一棟樣式古舊的別墅。紅磚黑瓦，也是二十世紀五六十年代的房屋造型，四周都是高大的樹木，房子幾乎被那些樹木完全籠罩了。

我差點找不到這棟房子的大門。下車後仔細去看，才發現房子前面有一道小門。我不禁苦笑：那個年代的人真不大注重面子，這麼好的別墅，竟然只開了這麼小的一個房門。

我敲門。

「不好意思，我沒出來迎接你。你看……」唐小牧出現在我面前，我發現她的手上沾滿著米麵之類的東西，很明顯，她正在做飯。

「一直忘記問你，你先生叫什麼名字？」我的第一句話就問了這個問題。我記得自己曾經問過她，但她卻沒有告訴我。

「他姓鄭，你叫他鄭研究員好了，大家都這樣稱呼他。」她笑著對我說，「請進吧，不用脫鞋子。」

進去後，發現裏面是一個不大的房間，不過很乾淨，有電視和沙發，很明顯，這裏是她家的客廳，但卻沒有發現她男人的蹤影。

「他人呢？」我問道。

「他在樓上書房裏。他這個人就是這樣，本來說請你來吃飯，但現在又得繃面子。我去請他下來。馮醫生，你先坐吧，茶我已經給你泡好了。」她說完後，咚咚咚地上樓去了，是木質的樓梯。

我看了看腳下，發現竟然是水磨石地板。真夠古舊的。

一會兒就聽到樓上傳來了雜亂的腳步聲，我情不自禁地站了起來，朝著剛才唐小牧上去的地方看。

他下來了，走在前面。我看著他，差點笑了出來——

他竟然穿著中山裝。

他身材矮小，而且很瘦，穿上中山裝的樣子很奇怪，讓我感到有些好笑，但卻又不敢笑出聲來，「鄭老師，您好。」

我朝他叫了一聲，沒有按照唐小牧的指示稱呼他為什麼研究員。

我們是教學醫院，互相之間要麼稱呼醫生，要麼稱呼老師，我覺得這樣很自然。

還好的是，他似乎並不反對我對他的這個稱呼，他朝我笑了笑。只是，我覺得他的笑是擠出來的。

「請坐，馮醫生，我知道你要來的。以前我不是告訴過你嗎？你會接受我的禮物的。」

「鄭老師，您怎麼想到這個課題的？」我直接地問道。

「我前段時間開始對醫學感興趣。那件事情不堪回首，不說也罷。不過，我們不也是因為這樣才認識的嗎？所以，我覺得我們還真的很有緣分。關於超音波的新用途，我一直很感興趣，不過，我的醫學知識太欠缺了，好在你是專家。」他搖頭晃腦地說道。

我點頭，「你提出的介入超音波技術，我覺得理論上是可行的。在超音波的引導下經皮穿刺，直接到病變部位，通過局部熱能，使病變組織發生不可逆的凝固、變性、壞死，最後被機體吸收或排出。這項技術如果產生研究成果的話，將對女性是一個巨大的福音。因為我國每年有二百五十萬名女性失去子宮，其中一百多萬人是由於患子宮肌瘤、子宮腺肌病等疾病引起的。如果介入超音波技術取得成果，並能夠在婦科領域廣泛應用的話，許多患者有可能避免子宮切除。說實話，我看了您的論文後，感到震驚。」

「你是識貨的人，看來我這份禮物送對了人。」他笑道，很高興的樣子。

我搖頭，「鄭老師，我希望和您共同開展這個課題。超音波方面的技術我不懂，但是臨床方面，我可以提供幫助。」

他擺手道：「我說了，這是我送給你的禮物。超音波的原理很容易學，今後超音波治療所需要的儀器應用知識，你可以向我諮詢，我幫你設計一款適合醫學方面的儀器是沒問題的。不過，這得需要你自己申報科研課題，還有科研經費。」

「鄭老師，您想過沒有？如果這項技術有成果的話，儀器和技術將可以獲得國家專利，未來肯定是一筆不小的財富。所以，我覺得還是我們共同研究為好。關於科研課題和經費的問題，我馬上申報就是。」我說道。

他依然搖頭，「我鄭大壯說出來的事情，從來都不會收回的。」

我頓時一怔，他叫鄭大壯？這下，我終於明白他老婆為什麼不說出他的名字了。

「好吧，我萬分感謝。」我說，心裏在想：如果這個課題真的有成果的話，專利申報時，我一定會寫上他的名字的。

「一會兒吃完飯，我把全套資料給你。裏面有超音波儀器的設計方案。你說得對，這個專案今後完全可以申報國家專利，所以，今後你在聯繫設備製造商的時候，一定要多聯繫幾家，讓他們分別生產各個元件，然後你自己組裝。這樣，才不會造成技術洩漏的問題。」他說。

我這才發現，他並不完全像我想像的那樣，是一個書呆子，至少在這件事情上面，他考慮得比我全面多了。於是，我連聲道謝。

「不用客氣，你是我們家的恩人。不過，這件事情從此不准你再說了。我送給你這份禮物，我們之間的事情算是有個了結了。」他嚴肅地道。

我有些尷尬，但卻不好再說什麼，心裏覺得這個人怪怪的。

晚上，唐小牧做了不少的菜。

鄭大壯給我倒了一杯酒，「這是我親自泡的酒，你嘗嘗。」

「您不喝？」我問道。

「你喝下這杯酒後，覺得好的話，我再陪你。」他說，隨即在笑。

我舉杯喝下，猛然地，我差點吐了出來！「好苦！這是什麼？」我駭然地道。

他大笑，「這是黃連水。哈哈！你把我老婆看了，我要懲罰你一下。這下好了，我們的事情就算完全了結了。」

「你這人，真是的！」唐小牧在旁邊滿臉通紅。

我哭笑不得，覺得這個人真是不可思議到了極點。

他去拿了一瓶白酒，是五糧液，「這瓶酒我藏了十年了，今天我們把它喝了。你別擔心，我先喝一杯。」

「你這人，像小孩子一樣。」唐小牧在旁邊不住苦笑。

「有我這樣的小孩子嗎？我是專家，是科學家。我們研究所裏面，只有三個人有資格住這樣的別墅，我住最中間，因為我是第一號。」他得意洋洋地道。

「是，你很厲害。我耳朵都聽膩了。呵呵！馮醫生，你不要和他計較，他這個人就是這樣的。」唐小牧對我說道。

我苦笑著搖頭，「鄭老師和常人很不大一樣。據我所知，天才都是這樣的。」

「這句話我愛聽，因為我確實是天才！」他大喜。

唐小牧做的菜味道不錯。菜不多，但是每樣菜都很精緻。我不住稱讚，同時羨慕地說：「鄭老師福氣真好。」他更加高興了，不住向我敬酒。

我們沒有喝多少酒，因為不多一會兒，他就喝醉了。

「他最多可以喝一瓶啤酒。今天是例外。」唐小牧對我說。

我心裏很感動，也很感激。隨即告辭。

回到家裏後，我與陳圓說了幾句話便急忙去到了書房。

我一直到半夜才看完了所有的資料，心裏不禁暗暗稱讚鄭大壯：真是一個天才！

第二天中午，我去了趟新華書店。

凡是關於超音波技術方面的書籍都被我購買了回來。我決定惡補一下這方面的知識。

中途接到了常育的一個電話，她問我去看房子沒有。我說太忙了。她說這樣，你讓洪雅去給你辦吧。

買完了書，我想了想，給洪雅打了個電話。

「你帶我去看看房子吧。」我說。

「我在家，你馬上來吧，我帶你去看房，然後辦手續。常姐已經給我講了。」她說。

別墅不錯，價格很嚇人，三百多萬。不過，我還是覺得該買，因為常育說的很有道理，我確實應該有一套自己的房子。而且，我手上的錢說到底還有她的一份，我當然得聽她的。

下午在辦公室裏面看那些買回來的書籍，發現生澀難懂。原來，跨專業的知識並不是那麼容易學的，幸好我買的書裏面，有一部分是最淺顯的內容，稍微有些搞懂了。但是，我有些心浮氣躁，總是想儘快去看後面的內容，結果卻是一片茫然。

有一點我非常清楚，那就是，自己必須搞懂超音波治療疾病的原理，因為這是今後自己在操作時候的必需，而且，這也涉及課題報告的書寫內容。到了下班的時候，我終於想到了一個辦法：請鄭大壯給自己講課。

有老師與沒有老師是兩個完全不一樣的概念。

於是給唐小牧打電話，「我想請鄭老師吃飯。麻煩你問問他可不可以？如果他有時間的話，我馬上來接他。」

「他在呢，你自己跟他講吧。」她在電話的那邊笑。

接下來是他的聲音，「你自己得去買書回來看。」

「我買了，看不懂。所以，想請您給我講授一下。」我說。

「你必須自己先看。這樣，我給你一個提綱，你把我要求你掌握的東西看懂了再說。」他說。

「好吧，一會兒我把我的郵箱發給您。」我還能說什麼？

「你什麼時候申報？」他問道。

「我首先得把超音波的知識搞懂，不然的話，我如何申報？」我苦笑道。

「馮醫生，我對你很失望。本以為你是一位頭腦靈活的醫生，想不到你竟然如此思想僵化！我給你的那套資料是幹什麼的？你知道申報課題需要多長的時間嗎？至少大半年！你以為那些部門辦事的效率很高是吧？你申報到你們醫院，然後你們醫院再往上面報，一層層報到省科委就得需要多長的時間？而且，在申報的過程中你還得去請客，以保證你申報的專案不會被拿下。你一面申報，一面學習，時間不是被你節約出來了嗎？現在，一項新的技術有那麼多人在研究，你晚一天就很有可能被別人申報了。真不知道你腦子裏想的是些什麼東西！我是科學家呢，你以為是教小學生的啊？」他的語氣嚴厲，說完後就把電話給掛斷了。

我拿著電話瞠目結舌，一會兒後才反應過來，他說的完全是正確的。於是，我即刻決定了一件事情：最近必須謝絕一切應酬，儘快完成申報資料。

忽然想到了一個捷徑：去找自己的導師。

說實話，我有些怕我的導師。自從畢業後，我就很少去她那裏了。導師本來是一位待人溫和客氣的老太太，但她同時又很瑣碎與嘮叨，這是我最害怕的。看周星馳演的《大話西遊》的時候便發現，自己與裏面的孫悟空有著一樣的遭遇。正因為如此，我才刻意地迴避去導師那裏。

導師是醫科大學另外一所附屬醫院的婦產科教授。我想，當初蘇華要到我們醫院來工作的原因，大概也是因為此。

但是，我現在卻不得不去。因為這其實相當於是向她彙報工作，同時，還能得到她的支持。因為，她畢竟是全省婦產科學界最知名的專家之一。

我給陳圓打了個電話，「晚上，你和我一起去我導師家裏，順便讓她給你看看病，我馬上回來接你。」

「你導師是男的還是女的？」她問。

我一怔，頓時笑了起來，「一位很溫和的老太太。」

她也笑，「我馬上下樓等你。」

「等十分鐘吧，別涼著了。對了，家裏的化妝品還有嗎？」我問道。

「老太太還需要用那東西？」她詫異地問。

「老太太不需要，但是老太太的女兒需要的。」我笑著說。

導師有一位女兒，我讀研究生的時候她才高三。標準的美人胚子。那時候她最喜歡我，當然不是那種喜歡。因為導師帶的學生中大多數是女學生，所以她特別喜歡我陪著她出去買東西什麼的。反正那時候，她還是一位沒心沒肺的小丫頭片子。後來，她考上了醫大影像專業，估計早已經畢業了。

現在我忽然想起了她來，不禁在心裏笑：這個小丫頭片子現在怎麼樣了？還像以前那樣活潑可愛嗎？

在路上的時候，我給導師打了電話，說晚上要去她家裏吃飯。她很高興，在電話裏面就開始嘮叨起來：「馮笑，你終於想起老師來了啊？畢業這麼久了，一點音訊也沒有。蘇華也是的，出了那麼多事情，都不告訴我。現在她怎麼樣了？馮笑，你把她一起叫來吧……」

「老師，我在開車呢。一會兒我到了，再慢慢給您講。」我急忙地道，不禁苦笑。她這才罷了。

我沒有給蘇華打電話。我知道，即使打了電話她也不會去的。我要和導師談課題的事情，她聽到後，會更加傷心和難受的。

導師住在她們醫院的集資房裏面。一百八十個平方的大房子。她的性格雖然瑣碎，叨嘮，但是家裏的裝修風格卻很簡約。當然，這肯定是她先生做的主，也很可能摻雜了她女兒的意見。

陳圓有些緊張，緊緊地抱住我的胳膊。

我輕輕拍了拍她的背，「沒事，她很溫和的。」隨即開始摁門鈴。

門打開了，我眼前出現的，是一張漂亮絕倫的臉，是導師的女兒，我依稀還記得她的樣子。真是女大十八變啊，她太漂亮了。

「馮笑，你不像話！怎麼這麼久不來我家了？」她很高興的樣子，但是說出來的話卻不是這樣。

「你媽媽呢？」我問道。

「在親自給你做麻辣魚呢。馮笑，你準備怎麼感謝我？我媽讓我現去買回來的活魚呢。馮笑，這是？」她說，這才開始注意到了陳圓。

「陳圓。」我急忙介紹，「這是我小師妹阿珠。」

「嫂子好，快進來坐。」阿珠熱情地去挽住了陳圓的胳膊。

「阿珠……這是我哥送給你的東西。」陳圓很靦腆，隨即把禮物朝阿珠遞了過去。

阿珠接了過去，「我看看，是什麼東西。啊……馮笑，你太有錢了吧？竟然送我這麼貴重的禮物！太好了，我喜歡。不過，我用完了後怎麼辦？」

「阿珠，你大吵大鬧地幹什麼？哪裏像個女孩子的樣子？」這時候老師出來了，她責怪她女兒，同時笑眯眯地看著我和陳圓。

我急忙恭敬地叫了她一聲，同時把陳圓介紹給了她。

「老師，小陳懷孕了，有妊高症的表現，麻煩您一會兒給她看看。」我說。

「你本身就是婦產科醫生，這麼簡單的問題還不會看？」她笑著問我道。

「您看了她更放心一些。對了，唐老師呢？」我問道。唐老師是她先生。

「他今天加班，一時半會兒回不來。」她說。

「唐老師都馬上要退休的人了，還加班幹什麼？」我詫異地問。

「我老爹最近在研究一個新課題，上癮了。」阿珠說，「馮笑，你送給我這東西值好幾萬吧？你捨得啊？」

「馮笑，你給珠珠送了什麼？」老師詫異地問我道。

「沒什麼，就是化妝品。」我淡淡地說。

「你也真是的，怎麼給她送那麼好的東西啊？」老師責怪我道，「對了，你給蘇華打電話沒有？」

我搖頭，「老師，現在她這種情況我不好叫她。我給她找了份新工作，待遇很不錯，比她在醫院的時候還高呢。」

「馮笑，你怎麼不給我找一份那麼高工資的工作啊？想不到你現在這麼厲害了。」阿珠說。

我哭笑不得，「她可是差點坐牢的人。阿珠，你現在在哪裏上班啊？」

「就在我們醫院的放射科。不考研究生，只能這樣了。唉！就是不聽我的話。珠珠，你看馮笑，現在都是科室副主任了，要是當初你聽我的……」老師又開始嘮叨起來，阿珠急忙去推她，「媽，你又開始了。我餓了，快去弄飯。」

老師歎息著搖頭，隨即對我說道：「馮笑，你來幫我一下。珠珠，你陪你嫂子說會兒話。」

我估計老師有事情要對我講，於是跟著她去到了廚房。

果然，進去後她就即刻關上了廚房的門，然後低聲地對我說道：「馮笑，珠珠以前一直最聽你的話，有件事情我想拜託你。」

「老師，什麼事情？」我問道。

「她，她竟然喜歡上了一個有婦之夫。我們醫院外科的一個醫生。我和她爸怎麼勸她她都不聽，你說怎麼辦啊？我和你唐老師都是有頭有臉的人，今後怎麼去見醫院裏面的人啊？」她搖頭歎息。

「那個人真的結婚了？離婚了沒有？」我問道。

「就是沒離婚啊，明顯的嘛，那個男人是騙她的啊。可是她就是不聽，還說他們是真正的愛情，還不准我和她爸管，幾次要去跳樓呢。馮笑，我現在說也不敢說，擔心她出事情。但是，這件事情是不行的啊，你幫我想想辦法好不好？」她說。

我發現她竟然在流淚。

我沒有想到，竟然會有這樣的事情發生，想了想後說道：「阿珠的性格我是知道的，她有些叛逆。你們越是不讓她怎麼樣，她就非得要去做。現在的辦法是，暫時不要管她。現在，我說她，她也很可能不聽的，畢竟我和她這麼久沒見面了。還有，她已經長大了，自以為很有主張。」

「可是，不可能就這樣讓他們發展下去啊？會出事情的。」她著急地道。

「唯一的辦法是，做那個男人的工作。那個男人的老婆知道這件事情嗎？」我問道。

「怎麼不知道？但是他老婆就是不同意離婚。即使他們離婚了，我也不會同意的，我們家珠珠還是黃花閨女呢。」

想了想，我又說道：「老師，您別著急，我找人調查一下那個男人，看能不能找到一個解決問題的辦法。」

「謝謝你了。」老師說道，然後揩拭了淚水，「馮笑，把菜端出去吧，吃完飯後我再給你老婆檢查。」

「我今天來找您，主要還因為另外一件事情。一會兒吃飯的時候，我給您慢慢講吧。」我說。

出去的時候，發現阿珠與陳圓在那裏說說笑笑的，很親熱的樣子。我心裏卻很不是滋味：這麼漂亮的小姑娘，怎麼如此叛逆呢？喜歡誰不好啊？幹嗎去喜歡那個男人？忽然想起自己的事情來，頓時慚愧萬分：沒有我這樣的壞男人，哪裏會有阿珠那樣的事情出現啊？

不過，我還是決定要管一下這件事情，因為是導師吩咐的。我導師難得托我辦一件事情。

「老師，我準備申報一個課題。」吃飯的時候，我開始講自己的事情。

導師不再嘮叨，她認真仔細地聽，聽完後滿臉的詫異，「馮笑，你能夠想到這樣的課題，真不容易啊。最近我去參加一個全國性的學術會議，還有人在談這方面的事情呢。你現在研究到什麼程度了？」

「我只是從理論上覺得可行。需要科研專案和相關的經費，首先進行動物實驗，然後再考慮用於臨床。」我說。

「那你儘快把報告寫好啊。不行，你得先自己進行動物實驗，費用的問題，暫時得由你自己墊付，然後儘快寫出論文來。這樣的話，課題就更容易申報。我們國家對這種全新的課題審查比較嚴格，如果你沒有任何東西拿出來的話，很可能通不過。動物實驗花不了多少錢的，你可以先在我的實驗室做。這樣就簡單多了。如果你需要的話，我讓一位我現在帶的研究生配合你，給你打打下手。」她說。

我沒想到，事情竟然並不是我想像的那麼簡單，甚至比鄭大壯料想的也還要複雜得多。不過，導師的辦法倒是不錯。前期的經費倒無所謂，現在我最需要的是實驗室。幸好導師有現成的。

「好，那就儘快開始。」我說。

「課題申報資料準備好了，你先給我看看。你以前在這方面沒多少經驗，我得替你把把關。不然的話，你申報上去一樣會通不過的。對了，學校那邊，還有省科委、衛生廳，都需要請人家吃頓飯。」她說。

「可是我不認識啊。」我為難地道。

「讓醫科大學裏面科研處的人幫你請，我給他們說一聲。不過，你別著急，先把動物實驗做到一個階段再說。憑笑，你就只能用晚上的時間了，還有週末。」她說。

「嗯。」我點頭。

我知道這件事情對我的重要性。作為專業技術人員，如果憑藉資歷一天天混到專家的水準當然是可以的，但是如果能夠有自己獨到的研究領域，並能夠取得一定成果的話，那麼，在學術上的地位可就完全不一樣了。

正因為如此，當我在看到唐小牧給我的提綱時，才會那麼的震撼與激動。

吃飯過程中，我和導師一直在談這件事情。阿珠和陳圓在那裏默默地吃飯。吃完飯後，陳圓被導師叫到她臥室裏面去了。她要給她做檢查。

阿珠看著我笑，「你怎麼變成現在這樣子了？」

我苦笑，「老了啊，你以為我還是小夥子啊？」

「我說的不是這個，我覺得你成熟多了。憑笑，男人結婚了，是不是就會變得成熟起來？就會很體貼自己的女人？」她問道。

我頓時怔住了，不過，我當然明白她為什麼要這樣問我。

「阿珠，男人其實都很自私，特別是已婚男人。」

她詫異地看著我，「你這話什麼意思？」

「已婚男人都很現實。婚姻是愛情的墳墓，這句話你聽說過吧？所以，已婚的男人……」說到這裏，我忽然停住了，因為我暫時不想暴露自己已經知道她的事情。

「馮笑，你自己就是已婚男人啊？難道你也很自私？」她笑著問我道。

「當然。」我故作神秘地道，「結過婚的男人最容易出軌，但是，出軌後又不想負責任。」

她看著我，滿臉的詫異，隨即大笑，「那你告訴我，你出過軌嗎？」

「小聲點！」我故作慌亂地道，去看了看她媽媽房間的門口處，「嘿嘿！不告訴你。」

「馮笑，你真的在外面幹過壞事情？」她問，神情古怪。

我點頭，隨即歎息。這聲歎息有真有假。

「你就這麼不負責任？」她問道，神情有些憤怒。

我忽然發現自己搞錯了一件事情：如果自己讓她輕看了的話，今後怎麼做她的工作？也許在她的眼裏，我是一個不錯的大哥哥，如果我給了她一種不好的印象，今後她根本就不可能聽我的。

「騙你的，我可是好男人。」我咧嘴而笑，「阿珠，你怎麼還像以前那樣啊？這麼容易上當受騙？」

她頓時展顏而笑，「我就說嘛，你那麼老實的一個人，怎麼可能是壞人呢？」

「阿珠，你談戀愛了沒有？」於是我問道。

「怎麼？難道你準備給我介紹一個啊？」她笑著問我道。

「如果你還沒有男朋友的話，我一定給你介紹一個好的。你說說，你想要找一個什麼樣的男朋友？帥的？有錢的？還是其他的？」我笑著問她道。

「馮笑，你好俗啊。我要找一個我愛他、他也愛我的。」她「咯咯」嬌笑著說。

「那可不容易找到。」我搖頭道。

她的臉頓時紅了。

「你找到了？」我假裝詫異地問。

「我不和你說了，我去看你老婆去。」她即刻站了起來朝裏面跑去。

「阿珠，別去。」我急忙叫住了她，「你過來，你告訴我你男朋友的情況，說不一定我還可以給你參考參考呢，畢竟我是過來人。」

「得了吧，你傻不拉嘰的，想不到娶的老婆倒是蠻漂亮的。你告訴我，怎麼把她給騙到手的？」她坐了回來，笑嘻嘻地問我道。

我哭笑不得，隨即得意洋洋地道：「男人只要安心去騙一個女人的話，女人沒有不上當的。」

她癟嘴道：「馮笑，你這樣的想法可不好。你是不是覺得，我們女人的智商都有問題？」

「差不多吧。」我笑著說，「女人都心軟，在男人死纏爛打、甜言蜜語下，往往就會上當受騙。」

她大笑，「我明白了，原來你是這樣把你老婆騙到手的啊。」

我覺得有些奇怪：她怎麼還不明白我的話啊？於是，我問她道：「那你男朋友是怎麼把你騙到手的？」

「馮笑，你說話怎麼這麼難聽啊？什麼到手不到手的？」她頓時不滿起來。

「不是你這樣在說嗎？」我看著她笑道。

「我說可以，你說不行。」她蠻橫地道。

「好吧，那你告訴我，你是怎麼認識你男朋友的？他是幹什麼的？你為什麼喜歡他？」於是我問道。

「馮笑，你這人怎麼這麼喜歡瞭解別人的隱私啊？我偏不告訴你。」她說。

「我是關心你呢。我是你哥哥不是？你這個小丫頭終於長大了，長大了就不認我這個哥哥了？」我笑著問她道。

「反正我不告訴你。」她說。

我搖頭苦笑，「你不告訴我算了，本來我還想送你一樣好東西的，看來你已經不把我當哥哥了。算啦。」

「少來啦，我才不稀罕你的東西呢。」她笑道。

「那倒是，現在有人給你買了嘛。不過，說不定你今後會有什麼煩惱的事情要我幫忙的。你可要知道，現在我可以解決很多的問題哦。你蘇華姐姐遇到那麼大的麻煩都被我解決了，我不相信你今後什麼事情都不會找我。」我說。

雖然我這樣說，有可能被她懷疑我已經知道了她的情況，但是我不得不這樣講。因為我很想知道她究竟喜歡那個男人什麼，以及他們的感情究竟達到了什麼程度。

當然，我知道自己這句話說出來對她具有多大的誘惑力，因為她現在就已經遇到了麻煩——她父母的反對。

果然，她開始用一種猶豫的眼神在看著我了。

我假裝不理她，然後自言自語，「怎麼還沒檢查完啊？我可要早點回去。」

「馮笑，是我追求他的。我太喜歡他了，可是我爸媽不同意。你有什麼辦法嗎？」她終於說了出來。

「你爸媽為什麼會不同意啊？他家裏太窮了？還是其他什麼原因？」我不露聲色地問道。

「不是，他是結了婚的。」她低聲地說。

「啊？」雖然我已經知道了這個情況，但是親耳聽見這句話從她嘴裏說出來，還是讓我感到吃驚。

「怎麼？你也感到吃驚？馮笑，想不到你也是這麼庸俗的一個男人。哼！我不理你了。」她頓時不滿起來。

我看了看時間，「阿珠，今天我有事，改個時間我和你慢慢談這件事情吧。好嗎？你剛才的話讓我太吃驚了，我完全沒有想到。不過，我覺得你有些傻，真的。過幾天我真的想找你好好聊聊，到時候，你就知道我為什麼會吃驚了。」

「除非你願意幫我做我父母的工作，不然，我才懶得和你談呢。」她癟嘴道。

「我請你吃飯總可以吧。你說，你想吃什麼？」我避開了那個話題。

「我想吃什麼都可以？」她問。

「當然。」我點頭。

「我要吃海鮮，鮑魚，還有烤乳豬。」她說。

我朝她微笑，「行。」

她詫異地看著我，「我還要喝人頭馬。」

我依然微笑，「沒問題。」

「馮笑，你發財了？」她驚訝地看著我問道。

「沒發財，不過，請你吃頓飯倒是沒問題的。」我淡淡地笑道。

「我說呢，你送我的東西那麼貴重，原來真的是發財了。那就明天晚上吧，明天晚上你請我吃飯，就我們兩個人啊，最多還叫上蘇華姐。我倒是想瞭解瞭解，你究竟是怎麼樣發財的呢。」

「好，到時候我來接你。」我說。

「你買車了？」她問。

我點頭。

「什麼車啊？讓我開開可以嗎？」她問。

「可以，只要你有時間。」我說。

「一會兒我送你下去的時候看看。」她說。

「那倒不用，明天我來接你就知道了。這樣吧，明天我早點來接你，然後我們一起去接你蘇華姐。怎麼樣？你會開車是吧？到時候讓你開得了。」我說。

「不，我今天就要看看你開的是什麼樣的車。」她說。

這時，導師和陳圓出來了，導師對我說：「沒多大問題，但要控制住血壓。」

我點頭，「嗯，老師，那我們先回去了。」

「珠珠，你替我送送你馮笑哥哥。」導師對她女兒說。我估計她剛才在屋裏聽到了我們說的話了，不然，不會這麼久才出來。

阿珠連聲答應，隨即去挽住了陳圓的胳膊。

到了樓下，阿珠看見了我的車，她頓時張大了嘴巴，「馮笑，你好厲害！竟然開這麼好的車！」

「明天我來接你。」我微笑著對她說，心想：小丫頭，難怪你這麼容易上當，一輛車而已，至於你這樣嗎？明天，我得好好教育一下你。

「哥，剛才你老師在屋子裏面偷聽你們說話。」上車後陳圓笑著對我說道。

「唉！這小丫頭片子喜歡上了一個已婚男人，她媽媽正煩呢。」我說。忽然發現陳圓沒有說話，頓時想起她喜歡我的時候，我不也是已婚男人嗎？

「這個……陳圓，你別介意啊，我是無心的。」

「哥，這人和人之間其實是一種緣分。」她低聲地道。

「你的意思是，讓我不要管她的事情？不行啊，導師特地囑咐我，要替她辦好這件事情的。」我說。

「如果他們兩個人是真心相愛的話，你去管人家幹什麼？」她說。

「如果那個男的不是真心喜歡她呢？」我說著，偏頭去看她。

「哥，人家肚子裏面孩子都有了，你還看我幹什麼？討厭！」她嬌笑道。

我猛然大笑了起來。

第八章

有時候女人和上級是一樣的

「已婚男人沒幾個好的，我離婚的原因也是這樣。
江真仁以前還出去搞小姐呢。」蘇華癟嘴道。
我明白蘇華的真實意圖。不過我不接受她的方式；
然而我不好說什麼，因為她是女人。
有時候女人和上級是一樣的，她們說別人可以，
說到自己事情的時候可就不行了。

第二天，我繼續看了一整天資料和超音波方面的書籍。有了閱讀提綱，我看起書來可就強多了。

我在想：如果要申報課題的話，資料應該怎麼寫呢？但是，我又不能去問其他的人，因為這個課題目前需要保密。忽然想起晚上要去接蘇華，心想，或許她應該可以知道怎麼寫這樣的東西。於是，急忙給她打了個電話，「怎麼樣？習慣現在的工作嗎？」

「怎麼可能習慣呢？和小孩子在一起，真是無聊透了。不過，待遇還比較誘人。我現在哪裏還有資格去選擇呢？」她說。

「晚上我請你吃飯吧，你有空嗎？」我問道。

「還有誰？就我們兩個嗎？」她問。

「還有導師的女兒，阿珠。」我說。

「馮笑，你千萬不要打阿珠的主意啊，那麼漂亮的女孩子，你忍心嗎？」她即刻批評我道。

我哭笑不得，「你說什麼呢？我是奉導師的命開導她呢。是阿珠提出來要把你叫上的。對了，我也有事情要找你。」隨即，我把阿珠的事情對她講了一遍，「這件事情有些麻煩，你是女人，也許你說的話，她會聽一部分。」

「難說，女人癡情起來九頭牛都拉不回來，除非上當受騙後才知道。」她說。

「我們總不應該看著她上當受騙吧？怎麼樣？有空嗎？有空的話，我早點來接你。」我說。

「好吧，我安排一下。」她說。

不到五點鐘，我就開車到了阿珠那裏，她來到了我的車前。

「下來，我來開。」她對我說，完全一副命令的口氣。

我大笑，即刻下車，然後去坐到了副駕駛的位置上面，忽然想起一件事情來，「阿珠，你有駕照嗎？」

她搖頭，「沒有。」

我頓時猶豫了，「不行，你沒駕照怎麼能開車呢？」

「我會開車，說不定比你還開得好呢。」她說，油門一踩，車就被她開了出去，我的身體頓時在座位上面搖晃了一下，「喂！你慢點！」

她大笑，「馮笑，我們往什麼方向走？這車，太爽了！」

我哭笑不得，心裏緊張得要命，隨即把我們要去的地方告訴了她，同時再次提醒她道：「你一定要慢點。」

「沒事，萬一我真的把人家的車撞了，由你負責不是？對了，馮笑，不會你也沒有駕照吧？」她笑道。

「我當然有。」我說道，「你撞別人的車倒無所謂，如果是撞人可就麻煩了。那可不僅僅是賠錢的事情了。」

「不會的。」她說。

「小心些的好，聽到沒有？」我覺得她大大咧咧的樣子很容易出事情。

「馮笑，你真是的，怎麼像我媽媽那樣嘮叨啊？馮笑，看來你很危險啊。」她笑著說道。

我頓時瞠目結舌。

「馮笑，以前我怎麼沒有看出來你會賺錢啊，你怎麼賺到這麼多錢的？可以告訴我嗎？讓我今後也跟著你賺錢吧。有錢真爽。」她問我道。

「賺錢得靠機會。」我含糊地道。

「那你今後給我機會好不好？」她說，我猛然聽到一陣剎車聲響起，身體從座位上面驟然竄到了前方，額頭處好像撞到了什麼地方。

「啊……」耳邊即刻傳來了阿珠的驚叫聲。

「完了！」我頓時明白出了什麼事了，腦子裏面一片空白……

一瞬之後便清醒了過來，發現阿珠正張大著嘴巴坐在駕駛座上，神情茫然而驚惶。我急忙下車去看，發現我的車撞在了一輛摩托車上面，摩托車橫在馬路上，我車的車輪下方，一個人躺在不遠處，地上還有鮮紅的血。

我急忙朝那個人跑去，發現他受傷的位置在腿部，鮮血就是從他的那個部位流出來的，心裏頓時放心了不少。急忙撥打急救電話。道路已經被完全堵塞了。

「你趕緊離開這裏！越快越好！」我急忙對阿珠說，隨後趕忙給小李撥打了電話，「出車禍了，麻煩你趕快過來……」

警車呼嘯而來，遠遠地就聽到了警鈴聲。

「阿珠，你快離開這裏，這裏一切由我來處理。」看熱鬧的人已經圍住了這個地方，我急忙對阿珠低聲地說了一句，然後俯身去看受傷的人，「你還好吧？對不起。」

那個人躺在地上不住地哀號，卻不回答我的話。

我急忙去檢查他身體的其他部位。

員警過來了，「誰是肇事的司機？」

我急忙過去，點頭哈腰地道：「對不起，我是。」說實話，我心裏很惶恐。

「駕照，行照。」一位員警朝我伸手，另一位員警俯身去看受傷者。

我急忙拿出駕照，隨即去到車上拿出行照，雙手恭敬地朝員警遞了過去。這時候，人群中有人說道：「剛才好像不是他開的車，開車的是一個女人。」

員警來看我，我急忙地道：「就是我開的車，他們看錯了。」

「你可要說實話哦，不然的話，問題就嚴重了。」員警看著我說，眼裏的神色很不友善。我心裏更加惶恐，但是只好堅持，「是我開的，是我開的。對了。這個人的傷不是很重，我才給他檢查了，我會賠償他一切的。」

「腿部受傷了，劃破了皮。」另外那位員警說道。

一直和我說話的員警看了我的車一眼，冷冷地道：「有錢是吧？你以為有錢就可以解決一切事情？」

我頓時尷尬起來，其實我並不是這個意思，只是慌亂中一時找不到話說，「不，我不是這個意思。」

「你是醫生？」他問我道。

我急忙地道：「是，我才給他檢查了，也撥打了急救電話。」

正說著，救護車來了。員警看了救護車一眼，「每次都這麼慢，要是出了嚴重的車禍，人早就死了。」

救護車上下來了一位醫生，還有兩個護士，他們開始俯身去檢查。

員警掃視著周圍的人群，「剛才誰在說開車的不是他？」

我也跟著員警去掃視周圍的人群，發現竟然沒有人出來說話了，於是心裏大安。我知道，這個年頭，敢出來說話的人是不多的。

「我是有工作的人，不至於去頂替別人的。」我訕笑著對員警道。

員警朝我點頭，「這車也是你的，倒也是啊，除非那個女人比你更有來頭。」

「沒有女人，哪裏來的女人呢？」我急忙地道。

醫生和護士從救護車上拿下來一副擔架，將受傷者往擔架上抬去。一會兒，醫生過來對員警說：「肇事者跟我們去醫院吧，他需要先給受傷者繳費。」

正說著，小李就到了，他拿著手機去到了員警身旁，「麻煩你接聽一下電話。」

員警瞪了他一眼後，並沒有接過手機。

小李又道：「你們隊長的電話。」

員警這才接了過去，他對著電話說了一句什麼後，就即刻朝外邊走了幾步。

一會兒後，員警回轉了過來，「馮醫生是吧？你把車開走吧。」

「我留下來處理。」小李對我說。

「你身上帶錢了嗎？」我問他。

他點頭，隨即朝我遞過來一把鑰匙，「我的車停在後面超市那裏。你去開那輛車吧。這輛車我開去修理後，再給你。」

我去看那位員警，只見他抬頭在看天。

我接過鑰匙後，對員警說了聲「謝謝」後離開。

此刻，珠珠早已經沒影兒了。我站在超市處，一直看著警車、救護車離開，看著道路通暢後才上車。這是一輛雅閣，坐在車裏，我沒有即刻發動它，而是有些愧疚，對那位受傷者。想了想，我隨即給小李打電話，「別虧待了受傷的那個人。花多少錢，我明天一併給你。」

「你放心吧，我會處理好的。」他說。

我連聲道謝。

接下來，我給阿珠打電話。

「馮笑，你沒事吧？」她問道，緊張的語氣。

「你現在在什麼地方？」我問道。

「我，我在不遠處的超市裏面。」她說。

我頓時笑了起來，「你趕快出來吧，我就在超市這裏，黑色的雅閣車裏面。」

「員警的車裏？」她低聲地問，慌亂的語氣。

我笑，「什麼啊，你快出來，我們去接蘇華。」

「真的沒事了？」她問。

我已經下車，隨即看到她正從超市裏走出來，急忙朝她叫道：「這裏！」

她看了看我的四周，隨即才朝我跑了過來，「真的沒事了？你的車呢？這是誰的車？」

「別問了！快上車。」我急忙對她說道。

我想，現在要是被員警抓住可就麻煩了。

我將車開出了近兩公里，然後停靠在路旁，「阿珠，上車吧。」

「馮大哥，你真厲害！」阿珠吐了吐舌頭上了車。

「每個人都有自己的關係網的。阿珠，你應該多交一些外面的朋友，不然，你還以為醫院裏面的某個人就是這世界上最厲害的人呢。」我趁機說道。

她頓時警覺起來，「馮笑，你這話是什麼意思？」

「不是嗎？你看你剛才那樣子，一點沒見過世面的樣子。要不是我提醒你的話，現在你已經被員警抓去拘留了。無照駕駛，還撞了人！」我笑著說。

「那你今後多帶我出來玩好不好？」她對我說道。

我搖頭，「那可不行，我是已婚男人，壞著呢。」

她大笑，「你壞？你這麼老實的人都壞了的話，這個世界上就沒有好人了。」

我哭笑不得，「壞人如果被你看出來了，他就不是壞人了。所以啊，像你這樣的小丫頭片子，最容易上當受騙了。」

「喂！馮笑，我可不是什麼小丫頭片子！今年我都二十四了！」她不滿地道。

「好好開車，不要激動！」我發現車子的方向在晃動，急忙提醒她道，「你還不傻？那我問你，你幹嗎喜歡上一個已婚男人？你知道現在已婚男人的想法嗎？」

「已婚男人在想什麼？」她問。

「在家裏紅旗不倒，在外面彩旗飄飄。」我說，「這句話的意思你知道吧？對了，我給你講一個真實的事情，是我一個女病人告訴我的。」

這的確是一個真實的故事。

那天，一個病人來做流產手術，當我問她為什麼不要孩子的時候，她哭著告訴我她的故事——

「我跟一個已婚男人上床了。他大我很多，沒太多感情基礎，可我還是拿他當長輩加情人看待。他有家庭，有孩子，而且住得離我很近。更多的時候，他都表現得極其害怕的樣子，而我只是一個單身女子，沒什麼要迴避的。

「我們打電話都會選他老婆不在家的時候，我們見面都在我住的地方，我們在網上聊天，也從來不提曖昧的話，更不談性方面的事情。但是，他老婆問起我的時候，他卻毫無保留地說出了我的住處，還有我的年紀。當然，他沒說我跟他的具體關係。

「當我跟朋友提到這個事情時，朋友們都覺得他很過分。他們說，把我暴露了以後，萬一出了什麼事，受傷害的都是我。甚至在我們上床做愛的時候，他還特地跟我說，在網上不要提這些事。

「我是理解的，畢竟，我也沒想破壞他的家庭，我只是需要一種關愛而已。前些日子我懷疑自己懷孕了，月經來了一點又沒了，然後，就一直沒再來過。

「我很害怕，因為我從來沒有懷過孕，不知道該怎麼辦，於是給他電話，說這幾天月經不太準，以為他會關心我幾句，可沒想到，他居然什麼都沒說就掛了。

「我突然覺得自己好傻啊，我為什麼要這樣一味保護他？在我出現問題的時候，他居然視而不見。我知道他是怕我賴上他，怕惹上不必要的麻煩，可是，畢竟問題有你一半啊，難道該是這個態度嗎？

「他太讓我失望了。其實，我什麼都沒要求過他，什麼都沒有。現在我真的懷孕了，打電話給他，他卻不接了！醫生，你說這樣的男人是不是很過分？」

我完全採用那個女人的語氣在講這個故事，目的是讓她感覺到一種真實。

她不說話，我心裏暗喜，心想，你有所觸動就好。

可是，一會兒後，她卻說出了一句話來，我聽了後差點吐血——「他不是那樣的男人。」

「那你認為，他是一個什麼樣的男人？」我問道。

「他對我很好，是真心喜歡我的。你不明白。」她低聲地說。

我搖頭苦笑，「完了，完了！你這個小丫頭片子中了他的毒了。」

「我不是小丫頭片子！」她生氣地道。

「這樣，阿珠，」我想了想後說道，「你告訴我，他叫什麼名字，我幫你調查一下這個人的真實情況怎麼樣？」

「我才不要你去調查呢，你們對他有偏見。馮笑，我知道媽媽昨天晚上叫你進廚房的時候，告訴了你這件事情。我的事情不要你們管。」她說。

「阿珠，難道你不相信我嗎？」我說道，「我看這樣，第一，你暫時疏遠對方一段時間；第二，我對他進行客觀的調查，我保證客觀。如果這個人的人品真不錯，對你也是真心的話，我一定支持你，而且，我向你保證，去做你父母的工作。怎麼樣？」

「你說話算數？」她問道。

我點頭，「你看我是說話不算數的人嗎？」

「好吧，我相信你。不過，你可以告訴我，怎麼去調查他嗎？」她問。

我頓時一怔，是啊，我怎麼去調查這個人呢？剛才我完全是因為衝動才說出了那樣的話來，現在聽她這麼問，我頓時才清醒了過來：這件事情應該去找誰呢？

「這個……這是我的事情，你就別管啦。反正我向你保證，一定客觀。」我說。

因為車禍的事情，我們到孤兒院的時候已經天黑了。

「我還以為你們不會來了呢。」蘇華笑著對我們說。

我當然不會告訴她阿珠撞人的事情，「現在堵車太厲害。學姐，這裏安排好了嗎？」

她點頭，「不過，我得早點回來，明天還得上班呢。」

「沒事，晚上我送你回來就是。」我說。

我們到了上次康得茂請常育吃飯的那家酒樓。我覺得這地方的菜品和環境都還不錯。

「馮笑，這裏吃飯很貴吧？」阿珠低聲地問我道。

「你不是說要吃鮑魚和烤乳豬嗎？」我笑著問她道。

「我開玩笑的，你別當真。」她說。

我嚴肅地道：「我必須當真，因為我答應了你的事情是不會改變的。所以，你最好也得聽我的。」

「你答應了她什麼？」蘇華問道。

「她說，要吃鮑魚和烤乳豬，還要喝人頭馬。」我笑道。

「今天我真有口福，阿珠妹妹，我得謝謝你啊，不然的話，我可吃不上這麼好的東西。」蘇華笑道。

我聽她的話，明顯感覺她對我有意見，「這不是特地來接你了嗎？你看我們多誠心啊。」

果然，她高興起來了。

我開始點菜。第一道菜要的是烤乳豬，「整隻。」我說。

「吃不完啊。」阿珠道。

「吃不完你打包回去，然後躺在被窩裏面慢慢吃。」我笑道。

「討厭！」她也笑了起來。

「每人一隻鮑魚。」我又道。

「八百八十八一隻。」服務員提醒我道。

「我說不付錢了嗎？」我很是不滿。

服務員不再說話。

「其他的菜，麻煩你給我們安排一下，菜品精緻一些。再來一瓶人頭馬。」我又吩咐道。

服務員答應著出去了。

蘇華癟嘴對我說道：「馮笑，你很有錢我知道。不過，你今天這樣子我覺得不好，像暴發戶似的。」

我頓時笑了起來，「能夠體驗一下暴發戶的心情也不錯。至少，我不會像暴發戶那樣一邊花錢，一邊感到肉痛。」

「你這個說法很新鮮。不過很有道理。」蘇華笑道，隨即去對阿珠說：「阿珠，你可要小心了，像馮笑這樣的已婚男人很危險的，又有錢，又長得帥，還肯為女孩子花錢。像你這樣的小姑娘，最容易上他的當了。」

「馮笑，你怎麼把我的事情拿到外面去亂說呢？」阿珠頓時氣急敗壞起來。

蘇華一講出來的時候，我就暗呼「糟糕」，現在見她這樣，急忙道：「我沒有說啊？蘇華，你剛才那句話是什麼意思？我可不像你說的那麼壞啊？」

幸好蘇華還沒有笨到一塌糊塗的程度，她急忙地補救：「怎麼？阿珠談戀愛了？是誰呢？今天馮笑說要和你一起來接我，我還批評他不要打你的主意呢。阿珠，不是我開玩笑，你還真的要小心他。他看上去老老實實、本本分分的，花花腸子可不少。你問問他，不知道有多少小姑娘上了他的當呢。」

我不禁瞠目結舌，想不到她竟然這樣說我。

「蘇華，我是那樣的人嗎？」我訕訕地道。

「好吧，那我問你，你和莊晴是什麼關係？還有你現在的老婆，你不是在和你原先老婆離婚之前，就和她在一起了嗎？」她問我道。

阿珠吃驚地看著我。

我有些尷尬和惱怒起來，「蘇華，有些事情你根本就不明白。」

「蘇華姐，他真有那麼壞？」阿珠問道。

「已婚男人沒幾個好的，我離婚的原因也是這樣。江真仁以前還出去搞小姐呢。」蘇華癟嘴道。

我這才明白了蘇華的真實意圖。

不過，我不能接受她的這種方式：幹嗎把我也拉扯進去啊？你自己還不是那樣？你和董主任那樣就對了？不過，我不好直說。

「那我不結婚算了，你們男人怎麼這麼可怕呢？」阿珠笑道，隨即來問我：「馮笑，你不會也喜歡上了我吧？」

我哭笑不得，「我早就喜歡你了，那時候你還是小丫頭片子呢。嗯，現在你在我眼裏，還是以前的那個小丫頭片子，所以，我一直把你當成小妹妹一樣在喜歡。怎麼？這也不行？」

「你看，你看看他的嘴巴，多甜啊。阿珠，你真的要小心啊！這男人都有一個共性，他們都是好話說得不要錢似的，專門騙小女孩子上當，然後他們就溜之大吉。」蘇華大笑著說。

我苦笑著搖頭，「今天專門花錢來請你們兩個人給我開批鬥會啊！」

她們兩個人大笑。

不一會兒，菜上來了，阿珠吃得眉飛色舞的，完全沒有了女孩子的樣子。

我提議乾杯，她喝了一口酒後，皺眉說道：「這是什麼酒啊？這麼難喝！」

「你要的人頭馬啊，幾千塊一瓶呢。」我說。

「不好喝，不划算。這瓶酒可以吃多少隻烤乳豬啊。」她說。

我和蘇華大笑。

這頓飯吃了我接近一萬塊錢。

阿珠駭然地看著我，「馮笑，這麼貴，你怎麼眉頭都不皺一下啊？」

我笑道：「太心疼了，還沒來得及皺呢。」隨即皺了皺眉頭，「我得吃一個月的稀飯饅頭了。」

他倆又大笑。

阿珠道：「馮笑，看不出來，你原來這麼好玩，以前你好像不是這個樣子的嘛。」

「結了婚的男人都是這樣。」蘇華說。

我很是不滿，「你又來了。」

「阿珠，你發現沒有？馮笑是不是很吸引你？」蘇華卻問阿珠道。

「沒感覺。」阿珠搖頭道，隨即掩嘴而笑。

我哭笑不得，「你看，我們阿珠的思想覺悟就是不一樣。好啦阿珠，我和蘇華姐先送你回去吧，然後，我再去送她。」

「不，我還要開車。」阿珠說。

「今天算了吧，等我把車修好後，你拿去開一段時間就是。今天你喝了酒，不安全。」我急忙道。

「可是，我不想這麼早就回去。我一聽到媽媽的嘮叨就煩。馮笑，蘇華姐，你們知道我爸為什麼總是加班嗎？他就是不想聽到媽媽的嘮叨。」她說。

「不會吧？」我詫異地道，心下想，這倒也有可能，不禁在心裏暗笑。

「我爸都對我說過好多次了。他說，惹不起只好躲起來了。」阿珠說。

「她嘮叨，是因為她愛你們呢。你沒見她去嘮叨別人吧？她在科室裏面並不嘮叨的。」蘇華說道。

「這個我知道啊，蘇華姐，如果你整天在她面前，受不受得了？」阿珠問她道。

「這個……」蘇華頓時無語了。

我大笑，「好吧，先送你蘇華姐，然後再送你。」

「太好了，我去趟廁所啊，你們等我一下。」阿珠這才高興了起來。

她出去了，蘇華在看著我，怪怪地笑。

「蘇華，你怎麼老說我啊？你要提醒她，也不能把我作樣板啊？」我苦笑著說。

「馮笑，說實話，現在我更擔心的是你。你要知道，阿珠可是我們導師的女兒，是我們導師的心肝寶貝，萬一她喜歡上你了怎麼辦？」她說，滿臉的擔憂。

我覺得她簡直是杞人憂天，而且，太過匪夷所思，「蘇華，怎麼可能？昨天我去她家的時候，是帶著陳圓一起去的。而且她自己也說了，她對我根本就沒有感覺。」

「你不知道你自己的魅力。想我蘇華都把自己給了你，連我自己都沒有想到呢。以前我總覺得你很老實，像女孩子一樣的害羞和膽小，但是出事後才發現，自己唯一能夠依靠的卻是你。你知道這是為什麼嗎？因為你太善良，對人太好。現在你這麼有錢，還這樣將就阿珠，你說，我怎麼會不擔心呢？」她搖頭歎息著說。

我一怔，隨即苦笑道：「那好吧，一會兒你把我說得更壞一些。」

她竟然還是在搖頭，「馮笑，現在我才發現，自己剛才做錯了。其實，女人往往更喜歡壞男人。俗話說，男人不壞，女人不愛。因為女人內心裏都有一種對現實的不滿和叛逆，總是渴望一種不一樣的生活方式，而壞男人卻往往能夠滿足女人這一內心深處的需求。」

我頓時瞠目結舌，「那你的意思是，讓我今後不要接觸她？」

她點頭，「這是唯一的辦法。馮笑，我們可以對不起任何人，但是絕不能對不起我們的導師。」

我苦笑著搖頭道：「蘇華，你多心了。怎麼可能呢？」現在，我覺得她的心理出問題了，似乎變得很猜疑，不相信任何人了。我理解，她畢竟出了那麼多事情，而且現在還丟掉了自己的專業，所以她很沒有安全感。

正說著，阿珠從廁所回來了，她把手伸向我，「走吧，給我！」

「什麼？」我一時間沒搞明白她要的是什麼。

「車鑰匙啊，快給我。」她笑嘻嘻地對我說。

我看了蘇華一眼，隨即把車鑰匙朝阿珠遞了過去，「慢點啊。」

在送蘇華回去的路上，她只對我說了一句話：「馮笑，麻煩你幫我注意一下，看有沒有哪家醫院要我這樣的，我還是想回醫院工作。」

「嗯，我問問再說吧。不過，你現在的工作待遇很不錯。蘇華，本來我不想告訴你的，現在林老闆給你這麼高的待遇，可是我替你爭取來的。我沒有別的意思，只是想告訴你，在現在這樣的情況下，一定要安心，至少在沒有新工作之前，要安心做好現在的工作。那些孩子很可憐的，你照顧他們也算是做好事。」我說。

「這是當然。」她點頭道。

下車的時候，蘇華對我說：「馮笑，麻煩你送我進去吧，我還有幾句話想對你說。」

我猶豫了一下後下車，然後和她一起往裏面走去。轉過彎，她猛然地將我抱住，然後激情地親吻我。

「蘇華。」我駭然，急忙地推開了她，「這裏可是陳圓以前上班的地方，而且，她生了孩子後還會回來的。」

「你回去吧，我只是有些情不自禁了。馮笑，你有多壞你知道嗎？你壞得讓人不能忘記。」她歎息了一聲之後，朝裏面快速地跑去。

我頓時呆住了。

阿珠在看著我笑，古怪地笑。

「幹嗎這樣看著我？好好開車。」我對她說。

她將車緩緩開了出去，「馮笑，我知道蘇華姐今天為什麼要那樣說你了。」

「別說這個了。」我有些尷尬。

「我偏要說。」她笑道，「蘇華姐吃醋了，她喜歡你。你明白嗎？」

我大吃一驚，隨即放下心來，「你這個小丫頭片子，說什麼呢？她怎麼會喜歡我？」

「我不是小丫頭片子！馮笑，你今後再這樣說的話，我可就要生氣啦。」她頓時不高興了。

「好，好！你不是小丫頭片子得了吧？不過，阿珠，這樣的事情，你可不要亂開玩笑。她現在很慘，她那麼好強一個人，淪落到現在這個地步，真讓人同情。」我說。

「其實啊，一個人把什麼事情都看得那麼重，根本就沒有必要。蘇華姐不就是這樣嗎？但是，看得再重又怎麼樣？所以啊，我覺得，一個人還是簡單些的好。比如我，就是不考研究生，因為我只想有一份穩定的工作就行了。然後呢，有一個自己喜歡的人，他也喜歡我，我們好好過一輩子。這樣就行了。」她說。

「上天可不是按照人的心願分配恩賜的。你覺得這樣簡單，但是很多人會覺得，你這樣的要求很不簡單呢。而且，當你擁有了你希望的一切後，又會覺得不滿足了，或者，即使你滿足了，但你的那位也不一定一直滿意。總之，這個世界是多變的，人心總是難以滿足的。阿珠啊，你的想法還是太幼稚了。」我歎息道。

「沒你說的那麼複雜吧？」她不相信地道。

「怎麼不會那麼複雜？比如說今天吧。你想吃鮑魚、烤乳豬還有人頭馬，吃了以後怎麼樣？是不是覺得就那樣啊？也許我的這個比方，並不能完全說明這個問題，那我們就換一個說法。假如，你看到一件非常漂亮的衣服，價格很貴，你為此拚命掙錢，結果到了終於可以買得起它的時候，卻會發現它早已經過時了。

「這樣的事情，不是經常發生嗎？其實，過時的並不是那件衣服的樣式，而是我們的認識和心態。」我簡直就是苦口婆心。

「馮笑，你討厭！我知道你這樣說的目的是什麼。不過有一點，如果你拿不出確鑿的證據，說明他是在騙我的話，我是不會相信的。我這個人很簡單，從來不把別人看得那麼壞。今天聽蘇華姐簡單說了你的事情，馮笑，是不是因為你自己壞，所以才把別的男人都想得那麼壞啊？」她有些氣惱地道。

我也很氣惱，「阿珠，如果你不是我導師的女兒的話，我才懶得管你的事情呢。真是的！你想過沒有？你的家庭環境那麼好，你又這麼漂亮，找什麼人不好啊？非得去找一個結了婚的男人，你傻啊你？」

「馮笑，我懶得和你說了。你怎麼變得和我媽一樣嘮叨呢？」她真的生氣了，即刻停下了車，隨即打開車門準備下去。

我急忙抓住了她的胳膊，「阿珠，你看你，怎麼說生氣就生氣了呢？現在可是晚上，萬一出事情怎麼得了？我如何向你媽媽交代？我的姑奶奶啊，別這樣好不好？快開車，你回家後，想怎麼生氣我都懶得管你了。」

她頓時不動了，不過，也沒有要開車的意思。

「阿珠，我來開吧。好嗎？」我試探著問她道。

「偏不，我自己開。」她說，隨即笑了起來，「馮笑，我終於知道蘇華姐為什麼要那樣說你了，看來，你真的很討女孩子喜歡的。今天我撞了人，你那麼保護我，現在我這麼生氣，你又溫言細語地來哄我，看來你天生就是討女孩子喜歡的男人啊。」

我頓時目瞪口呆起來。

她在大笑，繼續地道：「不過你放心，我是絕對不會喜歡上你的，你在我心裏，還是像以前那樣的一個大傻蛋。不過，你很危險，我今後得離你遠點。哈哈！」

「你這小丫頭……呵呵！真拿你沒辦法。」我苦笑。

「你！」她朝我瞪眼。

「好啦，阿珠，你這個大丫頭片子，這樣總可以了吧？」我急忙地道。

「馮笑，你討厭！」她憤怒地道，一會兒之後，忽然獨自一個人大笑了起來。

我苦笑著不住搖頭。

她在她家的樓下下車，我問她：「那個人叫什麼名字？哪個科室的？」

「我不告訴你。」她說，轉身準備離開。

「那我去問你媽媽。」我說。

她一怔，「不准你去問她，不然的話，我會生氣的。」說完後，她快速地跑了。

我不禁苦笑，隨即坐到駕駛座上去開車。開出去不遠，就聽到了手機的簡訊提示，急忙打開看，是阿珠發來的：「泌尿科，竇華明」。

這丫頭！我頓時笑了起來。

不過，我隨即為難了起來：找誰去調查這個叫竇華明的人呢？最好能夠把他內心最真實的想法掌握到，或者是能夠把他對阿珠的看法，通過錄音的方式錄下來。

我覺得這需要兩個條件，一是要竇華明信得過的人才可以做得到，二是要在他喝酒或者其他興奮的時候。

可是，能做到嗎？我不禁搖頭。

現在，我有些著急，因為我和陳圓都認為阿珠還是處女，這就更危險了。萬一最近，她和那個叫竇華明的男人一下控制不住，或者，竇華明採用某種手段得到了她的話，可就無法挽回了。不行，我得抓緊時間。

第九章

檢驗壞男人的方法

發現，自己的思維進到了一個誤區，
事情不那麼複雜，檢驗男人好壞的方式很多，
而且，有的方式更簡單，更直接。
不過，也許那種方式對阿珠來講很殘酷。
但不殘酷的話，怎麼可能讓她警醒？

「今天這麼早就回來了？」陳圓笑著問我道，「怎麼樣？勸你小師妹的工作做得怎麼樣了？」

我搖頭，「她強得很，非得要我拿出證據來。真是的，你說我是不是沒事幹？她非得要去上那個當，關我什麼事情？」

「萬一那個男的是真心喜歡她的呢？你當時不就是真心喜歡我嗎？」她說。

我一怔，「別拿我們的事情來說。」

「阿珠叫什麼名字？」她不好意思起來，隨即問我道。

「唐珠珠。」我說，「陳圓，她是我導師的女兒，導師又把這件事情拜託給了我，我只能盡心去辦不是？可是，這樣的證據我怎麼可能拿得到啊？」

「是啊。」她說。

我不住歎息。

「有一個辦法或許可以。」陳圓忽然地道。

「哦？你快說來我聽聽。」我急忙地道。

「找一個漂亮女人去試探一下那個男人吧。一個男人花不花心，這樣的辦法應該很有效啊？」她問我道。

我看著她，發現她臉上是怪怪的笑容，頓時明白了她的意思。因為在她眼裏，或許我就是一個花心的男人。

「好辦法。不過，找誰去呢？」我訕訕地道。

「你認識那麼多美女，隨便找一個不就得了？」她朝我笑道。

「陳圓，你說說，我都認識了哪些美女？」我問她道。

在她面前，我根本就沒有多大的惶恐感，特別是在女人的問題上面。不過，我現在很想知道，她對我究竟瞭解多少。

她的臉頓時紅了，「我怎麼知道呢？你們婦產科每天來看病的難道還少了？特別是門診裏面，肯定有小姐是吧？你給錢讓她們去幹這件事情不就可以了？」

我這才明白她竟然是這樣一個意思，隨即搖頭道：「那個醫生也不至於素質差到那個程度吧？隨便一個女人找到他，他就上鉤？可能嗎？」

「那倒是，我不懂的。」她說。

我忽然想到一個人來，心想或許那樣是可以的——

要想很容易接觸到那個叫竇華明的外科醫生，而且還要讓他覺得很自然，這裏面有兩個辦法最可行，一是病人，二是醫藥代表。

醫藥代表最合適了，我忽然想到了一個人來：余敏。

上次，我對她講了一句話，我讓她去尋找一種適合婦產科使用的耗材，後來，她果然給我拿了一套資料來，我發現裏面的品種有好幾樣，心裏頓時生氣，覺得她太過貪心。所以，直到現在，我都還沒有答覆她。

全靠陳圓的提醒，才使得我想到了她身上，於是，我急忙拿出手機撥打她的電話，「你的資料我看了，其中有兩個品種我覺得不錯。這樣吧，明天我就給你打報告。」

「謝謝。」她說，很激動的聲音。

「不過，我有件事情要麻煩你。」我說道。

「我願意。」她說。

我哭笑不得，心想，你不要把我想得那麼不堪好不好？

「你們公司在醫大另外那家附屬醫院有業務嗎？」

「有，但不是我在做。」她說。

「有就行，都是些什麼品種？」我問道。

「抗生素，還有外科用的耗材。品種不多。」她說，隨即問我道：「馮醫生，你可以幫我進那家醫院？」

「婦產科方面的，應該可以吧？」我說，「這樣，你現在有空嗎？我想和你說件事情。」

「嗯。」她說，「什麼地方？」

「你現在什麼地方？我開車過來。」我說。

因為想到上次陳圓下樓跟蹤我的事情，我打消了在樓下茶樓談這件事情的念頭。不過，這個電話是當著陳圓打的，因為我不想讓她覺得我是在幹壞事。

她說了地方，我隨即道：「那你在那附近找個茶樓，我馬上就過來。」

掛斷電話後，我笑著對陳圓道：「我馬上去談，一個醫藥代表，正好她們在那家醫院有業務。」

「哥，你不會讓那個醫藥代表真去和他那樣吧？」她問我道。

「我一直沒答應她們的品種進我們科室，現在我同意了，而且還幫她進到我導師的科室裏面去。條件就是，讓她去試探那個人。至於她怎麼去做我不管，我只要結果，關鍵是要瞭解那個人最真實的一面。」我說。

她笑了笑，不再說什麼了。

其實，我也覺得自己很滑稽：你自己都是那樣的人，竟然還採用這樣的方式去試探別人！

在車上的時候，我給導師打了一個電話，說有個朋友想請她幫個忙，還隱隱約約地說了幫助阿珠瞭解那個男人的事情。

導師問我需要她做什麼事情，我把余敏的那幾個品種作了介紹，結果她答應了，「有一個品種機會大點。」

余敏找的不是一家茶樓，而是一家咖啡廳。

我和她相對而坐，她好像喝了酒，臉上紅撲撲的。不過，我覺得她沒有我最開始看到的時候那麼漂亮了，氣質上差了些。所以，我覺得自信對於女人是非常重要的，自信可以把她們變得更加美麗。

「明天，你可以去找我的導師。我在來路上已經給她打電話了。她答應給你其中的一個品種打報告。就是檢測感染的那種試紙。」我說。

「謝謝。你說吧，要我做什麼事情？」她看了我一眼，臉上更紅了。

我估計她誤會了我的意思，急忙拿出錢包來，「這是五千塊錢，今天太晚了，身上只有這麼多現金。」

「我不會收你錢的，你今後多幫幫我就可以了。」她說，眼裏頓時釋放出了一種迷人的風韻來。

「你誤會了。」我急忙地道，「是這樣，我想讓你去試探一個人，這個人是一位外科醫生。我想瞭解這個人是不是很風流。如果你能夠錄音或者錄影的話，就更好了。這個錢是讓你拿去請客的。你不請他出來，怎麼可以瞭解到情況呢？」

「這……」她說，很為難的樣子，「馮主任，錄音或者錄影不好吧？那樣可是犯法的。」

「實話告訴你吧，這個人是結了婚的，但是我一個親戚的女兒竟然喜歡上了他。所以，我很想瞭解一下這個人的為人。現在的問題是，我那親戚的孩子總是覺得這個男人是愛她的，如果沒有證據的話，那孩子怎麼可能相信呢？」我說。

「你那親戚的孩子真幸福。」她黯然地道，「要是當初有人這樣關心我就好了。」

我沒想到她會這樣說，心裏頓時對她有了一種同情與憐惜，「余敏，每個人都有自己的命運，不過，有時候命運也是可以掌控的。好了，我們別說這件事情了。剛才我想拜託你的事情，你覺得怎麼樣？可以做到嗎？」

「事情倒是不難。不過，要錄影或者錄音不大好辦，因為我覺得……馮醫生，你花這麼多錢，還不如去找一位小姐。我余敏雖然下賤，但是還不至於去做這樣的事情。我願意和你做任何事情，那是因為我對你心存感激，還不僅僅是利益關係。」她低聲地說道。

我不禁惶恐，「我不是那個意思，我沒有讓你去和他那樣。」

「這樣行不行？」她問道，「我把他約出來吃飯，當然是讓我們公司另外的人去約他，然後在酒桌上試探他。如果他是好人的話就不說了，如果不是的話，到時候，你讓你那親戚的孩子直接來看那個場面就是了。這樣多簡單？」

「你的意思是說，你告訴我你們吃飯的地方？如果有情況的話，就叫我們去看？」我問道。

她點頭，「你們可以安排在附近，或者同一家酒樓的不同雅間裏面。如果那個人不老實的話，我就悄悄給你發簡訊。然後，你就讓你那位親戚的女兒直接推門就是。」

這下我明白了，「嗯，這個辦法不錯。」我說。

現在我才發現，自己的思維進到了一個誤區，有些事情並不需要那麼複雜的，檢驗一個男人好壞的方式也很多，而且，有的方式更簡單，更直接。

不過，也許那種方式對阿珠來講很殘酷。但是話又說回來了，不殘酷的話，怎麼可能讓她警醒？

「馮醫生，那你看安排在什麼時間好？」她問道。

「越早越好。」我說。

她看了看時間，「現在說不定可以呢。夜啤酒。喝夜啤酒的時候，大家一般會放鬆警惕，更能夠表現出一個人的本質出來。」

我深以為然，不過，我有些擔心，「問題是，你現在能不能把他叫出來呢？」

「我試試。不過，最好你一起參加。到時候就說你是我表哥，做生意的。他不認識你是吧？對了，你那位親戚住什麼地方？」她問道。

「我不認識他。我那親戚就住在那家醫院周圍。」我說。

她的想法雖然有道理，但卻有些急了，而且還要我親自參加，我覺得心裏有些不大踏實。

「那我馬上聯繫。」她說，「那個醫生叫什麼名字？」

我告訴了她，於是看著她開始撥打電話。

「甘小妹，今天晚上喝酒了沒有？」她撥通了電話，很明顯，電話的那頭也是一個女的。

「我也喝了點。這樣，我表哥來了，他腎臟不大舒服，想明天去你負責的那家醫院泌尿科看看。我表哥上次是找的那裏一位叫竇華明的醫生看的，你認識他嗎？

「哦，那你問問他，現在可以出來喝夜啤酒嗎？」余敏問道，「他不喜歡喝夜啤酒啊，那他喜歡什麼？哦，也行啊。你問問他吧，如果可以的話，我馬上安排地方。」

她掛斷了電話，隨即笑著對我說道：「他喜歡唱歌。」

我心裏頓時覺得這個叫賓華明的人不是什麼好人了，「這樣，如果他出來的話，唱歌的地方我來安排。皇家夜總會。到時候給他安排幾個小姐。」

「你那地方也熟悉？」她詫異地問我道。

我頓時尷尬，「我朋友開的。」

「行，就這樣。馮哥，這錢……」她說。

「你拿著吧，一會兒我下去的時候再取點。反正那裏不會收我的錢，這錢就算我感謝你的吧。沒事，呵呵！現在就開始叫我哥了啊？」我笑道。

「其實我一直想這樣稱呼你的，就是怕你不答應。」她的臉又紅了，低聲地道。

我忽然想起以前她住院時候的情景來，心裏頓時升起了一股柔情，「余敏，你現在還有什麼困難嗎？」

她搖頭，「隨便找個男人嫁了就是，只要自己現在掙的錢能夠養活我自己就行。」

「還是趁年輕的時候多掙點錢吧。你身體的問題，抽時間來，我再給你全面檢查一下，看今後還有沒有生小孩的機會。對了，現在試管嬰兒技術已經比較成熟了，應該問題不大的，不過那需要花錢。」我柔聲地對她道。

「需要花費多少？」她問道。

「一次需要三四萬吧。不過，很多人一次成功不了，得幾次呢。這得看運氣。」我說。

「那我一定要多掙錢。馮大哥，今後我可要經常麻煩你呢。」她說。

我點頭，「只要我能夠幫到的，儘量吧。」

正說著，她的電話進來了，她急忙接聽，「是嗎？好，皇家夜總會。房間一會兒告訴你。」

「馮大哥，這不是什麼好人。我那朋友說，她告訴對方說我是美女，那個人馬上就答應了。其實……唉！我們女人就是這樣，癡心起來就沒救藥了。呵呵！謝謝你馮大哥，你今天安排的這件事情太好了，不但幫了我的忙，讓我有錢賺，還讓我幫助了一位不諳世事的小妹妹。今後，這樣的事情，你多安排我做吧。」

我大笑，「可惜，我親戚裏面沒那麼多癡情的女孩子。這樣的事情多了，我可就破產了。」

她也笑，「馮大哥，我不能收你這錢啊，你拿回去吧。」

「別說了，我拿出來的錢，怎麼可能收回去呢？」我急忙地道。

「你不收回去也行。除非你願意讓我今天晚上陪你。馮大哥，你一定覺得我很壞是吧？其實，我的想法很簡單，我覺得，你要了我的話，今後才會盡心盡力幫我的。你說是不是這樣？」她看著我低聲地道。

「我會盡力幫你的。」我說，「不一定要你那樣。」

她搖頭，「我還不瞭解你們男人嗎？算了，這錢暫時放在我這裏吧，今後你心情不好的時候，如果想起需要我，就隨時給我打電話吧。」

「真的不用。」我訕訕地道。

「男人有一個想法是一致的，那就是，只有在得到了女人身體的時候，才真正把那個女人當成是自己人。那時候，即使再不想幫忙，也會想辦法的。算了，馮大哥，我自己知道，我配不上你。我們走吧。」她說，隨即招呼服務員結賬，「馮大哥，你身上沒錢了，我用你的錢結賬了啊？」

皇家夜總會。

慕容雪一見到我，就熱情地迎候了上來，「今天幾個人？」

「我們四五個人吧。你叫四五個人來就是了。對了，我每次來，那些小姐們都沒有收入，怪不好意思的。這樣，我一會兒給你點錢，你幫我給那幾個小姐就是。

一會兒，你一定要叫最漂亮的來啊。」我把她拉到了一側，悄聲地對她說道。

「馮大哥，我私下這樣叫你可以吧？」她朝我笑道，「我選的人你放心，不過，我可不能收你的錢。林老闆特別吩咐過，只要你來，絕對不准收錢的。每次叫的小姐，公司都單獨給她們錢的。我們這裏一年的利潤上千萬，你那點消費不算什麼的。」

「那我給你點吧。每次來麻煩你，真不好意思。」於是我說道。

「除非你讓我出台，呵呵！馮大哥，我可是不出台的哦，你是例外。我年齡大了，不可能長期在這裏上班，麻煩你有機會給林老闆說一聲，給我換一份工作吧。這樣就是你對我最大的回報了。」她說，隨即朝我拋了一個媚眼。

「事情可以說，出台就算了吧。」我急忙地道。

「我知道，你是嫌我長得醜。你今天帶來的又是一位美女啊，難怪。」她說，生氣的樣子。

「你很漂亮。呵呵！趕快給我們安排房間吧。」我慌忙地道。

她「咯咯」地笑，「跟我來吧，要我替你們服務嗎？」

「你忙，叫別人吧。」我說，不知道是怎麼的，我覺得自己的臉上有些發燙。

「你是我遇到的最特別的一個男人。」她輕笑道，「馮大哥，請跟我來吧。」

這次安排的是一個中等大小的包房，慕容雪向我道歉：「那個房間今天有人。」

「沒事，反正我們人不多，大了是浪費。」我說。

「喝什麼酒？」她問道。

「你問她。」我指了指余敏。

「紅酒吧，一般的就行。」余敏說。

慕容雪替我們打開了音響後說道：「我去去就來。還是玩以前的那種遊戲是吧？」

我頓時有些尷尬，「一會兒再說。」她笑了笑後離開。

「以前你們玩什麼遊戲啊？骰子？猜拳？」余敏問我道。

「你也知道？」我詫異地問道。

「陪客戶來這裏，不都是這樣一些遊戲嗎？」她笑著說。

我看著她。

一聲輕笑傳來，慕容雪帶著幾個高挑、膚白的小姐進來。

「馮大哥，要不，我讓她們一會兒再來？」慕容雪笑著問我道。

我訕訕地道：「沒事，你讓她們進來吧。」

五位小姐魚貫而入，來到了我們所坐的沙發上。

慕容雪對她們說：「這是我們今晚最尊敬的客人，你們可要好好服侍。」

小姐們嚶嚶嬉笑，開始倒酒，然後來敬我和余敏。

這時候，余敏的手機響了起來，她看了一眼後，對我說道：「我出去接一下他們。」

不一會兒，她帶著一男一女進來了。男的身材高大，器宇軒昂，女的很瘦，模樣平庸。很明顯，男的就是那個竇華明了，女的就是余敏的同事「甘小妹」了。

我急忙地站了起來，「竇醫生，你還記得我嗎？上次也是你給我看的病啊。尿路結石。」

他裝模作樣地看著我，仔細打量，「啊，想起來了，現在怎麼樣了？」

「上次碎石後好了些，結果這兩天又痛了。這次一定請竇醫生幫我治療徹底才行。」我苦笑著說。

「沒問題。剛才小甘說你是腎臟上的問題，我還以為是腎功能不行了呢。腎功能不好，有這些小姐治療，效果肯定比我們醫生治得好。哈哈！開玩笑的啊。」他大笑。

我也陪著乾笑，隨即把余敏介紹給了他，「這是我表妹。」然後，端起一杯紅酒去敬他，「來，我敬你一杯。今天不談看病的事情了，我們好好玩玩。」

他大笑著喝下，盯著余敏不轉眼。

我假裝沒看見，然後去敬甘小妹：「謝謝你把賽醫生請出來。」

「想不到小敏還有這麼帥一位表哥，你們是賈寶玉和林黛玉那種關係吧？」她笑著問我道。

「我們有那麼慘嗎？」我正色地說道。

她大笑。

賽華明也聽到了我們的話，眼裏頓時露出了一種遺憾的神情，隨即去看那些小姐。我隨即對小姐們大聲地道：「這麼帥氣的大哥在這裏，你們不知道敬酒啊？」

小姐們一陣嬉笑，然後朝賽華明蜂擁而去。

我即刻站起來，準備朝外邊走去，卻被余敏拉住了，「別著急。」

她在我耳邊低聲地說道。

「為什麼？她坐車過來時間差不多了啊？」我說。

「等他喝酒喝到差不多的時候，你讓你親戚的女兒穿上這裏工作人員的服裝進來，她就可以什麼都看到了。」她說。

我在心裏暗暗稱讚她的這個主意好。於是，我即刻坐了回去。

「表哥，我敬你。」她這才舉杯對我說道。

我和她喝完後，甘小妹又來敬我，「表哥在哪裏高就啊？」

「做點小生意。」我急忙地道。

「肯定不是什麼小生意呢。」她笑著說，隨即與我碰杯。

竇華明被那幾個小姐完全包圍了，被一杯接一杯地敬下了酒。不多久，我就看見桌上已經擺放了好幾個空酒瓶子了。

「這位朋友，來，我敬你一杯。這裏好玩！」竇華明終於衝出了重圍，端杯來對我說道。我發現他已經有了些酒意，於是急忙喝下。

葡萄酒竟然也很醉人，數杯喝下去之後，我便有些頭暈起來，急忙去到廁所。包房裏面有廁所的。

剛剛進去，正準備關門，卻忽然被推開了。我嚇了一跳，仔細一看才發現是余敏。

「幹嗎？」我詫異地問。

「你現在可以打電話了。」她說。

我點頭，於是摸出手機開始撥打。

「馮笑，這麼晚了，還打電話？」電話裏面傳來阿珠睡意矇矓的聲音。

「我們在皇家夜總會，竇華明也在，還有幾個小姐，你自己來看看吧。你到了我出來接你，地方是……」我說，結結巴巴的。

「馮笑，你幹什麼？」電話裏面傳來了阿珠生氣的聲音。

「你不是要證據嗎？你要欺騙自己也行，那就別來。」我說，隨即掛斷了電話。

不久，阿珠就到了。

「她來了，你馬上去組織活動。」我吩咐余敏道。

在夜總會的大門外，我看見了阿珠。她的眼睛通紅。很明顯，她已經哭過了。

「阿珠，你別激動啊，他不知道你要來的。」我說。

「你認識他？」她冷冷地問我道。

「我讓一個醫藥公司的醫藥代表把他約出來的。他還以為我是他以前的病人呢。」我說，「阿珠，你一定不要激動啊，一會兒進去後，你換上這裏服務員的衣服，然後到我們房間裏面去看就是。千萬不要激動，如果這件事情被傳出去的話，影響會很不好的，所以，你要穿這裏的工作服，你明白我的意思嗎？」

喝了酒之後，我有些嘮叨。

她點頭。

於是，我帶著她進入夜總會。

「慕容。」我叫了慕容雪一聲。

她朝我跑了過來，面帶微笑，甜美之極。

「你和她暫時換一下衣服，可以嗎？」我對她說道。

她詫異地看著我，「這……」

「你先與她換，之後我再告訴你原因，就算你幫我個忙吧。」我說。

「裏面那個人是她先生？」慕容雪很聰明，頓時猜到了我的意圖。

我沒有回答。

「馮大哥，這可不行，我們這裏有規矩的。這位美女，原諒啊。」讓我沒有想到的是，慕容雪竟然直接拒絕了我。

我很是不快，「需不需要我打電話給林老闆？」

她不說話，很明顯，她確實是需要我打電話。

我喝了酒，情緒激動，隨即拿出電話開始撥打。可是，慕容雪卻即刻替我壓住了電話，「算了，馮大哥，既然你吩咐了，我就照你說的辦吧。如果老闆問起來，你可要替我說話啊。」

「肯定的，謝謝你。」我說，隨即對阿珠道：「你趕快去和慕容小姐換衣服吧，一會兒她悄悄帶你進來，一定要沉住氣啊。」

剛剛進入到包房裏面，我就被廿小妹給拘住了，「表哥，你跑哪去了？我們來喝酒。」

我急忙去端起一杯酒杯和她喝下，「我要酒和小吃去了。」

我隨即到了竇華明面前，發現他一隻手端者酒杯，另一隻手摟在他身旁一位小姐的腰，「竇醫生，你真會享受啊。」

這時候，阿珠身上穿的是慕容的衣服，她就站在沙發旁邊靠近角落的地方，雙手背在身後，完全一副服務員的模樣。

我朝竇華明舉杯，隨即喝了一口。再轉頭的時候，發現阿珠不見了。我大驚，急忙放下酒杯就朝外面跑去。

跑出去後，我發現她就站在門口處，她在流淚。

「阿珠，你都看到了吧？我送你回去好嗎？就現在。」我柔聲地對她說。

「馮笑，你去問問他，問問他喜不喜歡一個叫唐珠珠的女孩子。」她對我說。

我頓時怔住了，「這……這怎麼問啊？」

「你不是說，把我當成你妹妹嗎？你的妹妹被別人欺騙了難道你就不管？你去不去問？不去的話，我就告訴我媽，說你在外面玩小姐！」她惡狠狠地對我說道。

我頓時惶恐萬分，急忙地道：「我馬上去問。你等著啊。」

急忙推門進去……

第十章

男人就如同需受監督的官員

我想，女人對自己太好，並不是一件好事情。
會造成男人對她的不在乎，造成自己對自己的不克制，
使自己變得放浪形骸。
男人就如同現在的官員一樣，是需要強有力監管的，
如果紀委都如同陳圓一樣的老婆，官員們不變壞才怪了。

酒精不但可以使人迷醉，也可以激發人的智慧。

我推門而進的時候，忽然有了主意——

去到竇華明面前，我端起酒杯去敬他，「竇醫生，明天我來找你啊。」

「行，沒問題！」他豪爽地道，「對了，你還沒有去玩遊戲呢。」

「一會兒再說吧，我有件事情想問問你。」我說，悄悄去看門口處，發現阿珠已經進來了。

「最近，別人給我介紹了一位女朋友，也是你們醫院的醫生。不知道你是否認識，我想向你瞭解一下她的情況。可以嗎？」

「哦？你說說，說不一定我認識呢。醫院裏的護士我認不完全，但是女醫生基本都認識。」他說，舉杯喝下。

「她叫唐珠珠，你認識嗎？」我問道。

「啥？她叫啥？」他大吃一驚的樣子，歪斜著頭來看著我。

「唐珠珠啊，你們放射科的。」我說，「我一個朋友最近才介紹給我的，我這麼大歲數了都還沒結婚，一直在挑選呢，所以，我得慎重才是。」

他大笑，「怎麼會有人把她介紹給你呢？」

「怎麼了？」我詫異地問道。

「那是我玩過的女人！我勸你還是算了吧。」他搖頭晃腦地說。

「怎麼可能呢？我聽說她還從沒有談過戀愛呢。」我說，心裏早已經憤怒了，很想一巴掌朝他摑過去！

「你不知道，她是我的情婦，還等著和我結婚呢。那小妞，傻乎乎的。」他神秘地對我說。

這時候，我猛然發現阿珠朝我們的位置跑了過來，我急忙跑過去，將她抱住，「別衝動，對你影響不好。快出去！」

我隨即強迫性地將她推出了包房，一直拉著她去到了慕容雪那裏，「你們把衣服換回來吧，沒出事是吧？謝謝你。」

「馮笑，你不替我揍他一頓的話，你就不是我哥！」這時候，阿珠終於爆發出了歇斯底里般的聲音。

我微微冷笑，「哪裏需要揍他一頓？慕容，一會兒我要給那位朋友安排一位小姐出台。多少錢？」

「一千。不過……」她說。

我從錢包裏面數出一千塊錢來，「我去問問他選哪一個。」

「馮笑，你幹什麼？」阿珠問我道。

「別問。」我說。

「馮大哥，你這樣不好吧？到時候，員警去抓的話，我們的人豈不是會被牽連？我們這裏停業整頓的話，損失就大了。」慕容雪說。

「林老闆那麼大的能量，不會的，一切由我負責。到時候，你直接給林老闆說是我幹的好了。」我說。

「這……」她猶豫著不接我手上的錢。

「你們老闆的能量，你不知道？」我說道，「你不是還要我幫忙的嗎？」

「馮大哥，這件事情我確實做不了主。要不，你給林老闆打個電話再說？」她為難地道。

「馮笑，別為難人家了。」阿珠說道，隨即開始流淚。

「這不是馮大哥嗎？今天你怎麼有空到我們這裏來了？」

這時候我忽然聽到一個男人在對我說道，側身去看才發現是這裏的經理，好像叫黃尚，對，就是叫黃尚。他當時給了我一張名片，名字很特別，所以我一下子就記住他了。

不過，他能夠記住我可很不簡單，因為他在這裏每天要見的熟人可不少，而且，我可是很久沒有見到過他了，只是第一次來的時候，在林易的介紹下和他見過一面。

「黃經理，是這麼回事。」慕容即刻去將他拉到了一旁。

我當然知道，她是在告訴他我想要做的事情。於是，我靜靜地站在這裏不動。阿珠過來拉住了我的胳膊，「馮笑，算了，別那樣。算我看錯了人，是我不對。你別為難他了，好不好？」

「你還很喜歡他？」我問她道，覺得她有些無可救藥了。

「馮笑……」她說，眼淚在往下流。

我暗暗吃驚：難道她真的已經被他給……不然的話，她怎麼會對他依然念念不忘？

「馮大哥，那個人叫什麼名字？在哪裏上班？這位女士是你朋友是吧？你是那個人的什麼人？」這時候，黃尚過來了，他問我道。

「你問這個幹什麼？」我警覺地道。

「馮大哥，你過來一下。」他拉了我一把，帶著我去到了旁邊不遠處，說道：「馮大哥，那種報復方式不大好。除非他是當官的，一般的人，也就罰點款了事，嫖娼又不會被判刑。」

「你的意思是？」我問道。

「我看你這位朋友還很年輕的樣子，估計是被那個男人給騙了是吧？很簡單啊，找人教訓他一頓，或者其他方式都行。馮大哥，你把那個人的情況告訴我，我去幫你辦這事情。你看，你對我們提出這麼簡單的要求，我們要是都做不到的話，到時候，林老闆可是要罵我們的。」他笑著對我說道。

「江南醫大附屬醫院泌尿科，竇華明。」我說。這一刻，我心裏憤然，特別是在酒精的作用下，我內心的憤怒更甚，於是我說出了他的名字。

「知道了。」他點頭，隨即看了看時間，「時候不早了，馮大哥，既然你今天的目的是這個的話，還不如早點回去休息呢。你說是嗎？」

我點頭，「好。謝謝你。」

「你是我們老闆的女婿，就是我的老闆一樣。今後，你有什麼事情就吩咐我一聲就是了，別這麼客氣。」他笑著說。

我朝他點頭，隨即給余敏打電話，「我先走了，你們也早點休息吧。」說完後，我即刻掛斷了電話。

我即刻帶著阿珠上車。

「我想開。」阿珠說。

我搖頭，「今天晚上不行，你心情不好，容易出事情。」

「你也不將就我。」她開始流淚。

「有些事情我可以將就你，有些事情不行。走吧。」我說，隨即發動了汽車。

「馮笑，我沒有和他那樣過。」將車開出去一段距離後，她忽然對我說道。

「我知道。」我只能這樣回答她。

「你不相信我。」她大聲地道。

「我相信的，當然相信。」我急忙地道，很擔心她再次變得歇斯底里起來。現在，我最重要的任務是馬上把她送回家去。

「我要去喝酒。」她又道。

「不行，太晚了。改天吧。」我說道。

「馮笑，你一點都不好。」她嗚嗚地哭。

「阿珠，那樣的男人值得你這樣嗎？你哭什麼啊？你現在應該高興才是，因為你認清了他是什麼樣的人了啊？幸好你醒悟得早，不然的話，你可就虧大了。」我柔聲地安慰她道。

「他不是那樣的啊。他對我那麼好，一直都對我很好的，還對我說要娶我，他幾次想要我，但是我沒有同意，真的。可是，他已經吻過我了，也看過我的身體了。馮笑，我雖然是學醫的，但是我很保守的啊，所以，我已經把自己當成是他的人了。

「今天他是不是喝醉了，才變成這樣的？是不是你們給他下了什麼藥物？是不是這樣?!是我媽媽的主意是不是？你們這樣做的目的，就是為了分開我們兩個人是不是？馮笑，你告訴我是不是？」

她開始的時候還輕言細語的，但到後來，忽然就歇斯底里起來，而且雙手還在抓我在方向盤上的手。我大駭，急忙將車停靠在了路旁，頓時感覺到雙手的手背火辣辣的痛。她抓破了我手背的皮膚。

「阿珠，你瘋了？」我不禁生氣地說道：

「虧你想得出來！今天，我讓那個醫藥代表去把他約出來，你知道我花費了多大的力氣嗎？你知道我拿什麼給人家交換的嗎？真是的。你真是個傻丫頭！他今天的表現你都看到了，你看他那樣子，像是吃過藥的樣子嗎？還有，他和那個瘦女孩子，她叫甘小妹，一看就知道他們不是一天兩天的關係了。你怎麼這麼傻啊？竟然到現在了，還對他抱希望。他親過你、看過你了又怎麼啦？我在婦產科一天看多少？難道那些女的都要來嫁給我？虧你還是學醫的呢，真是的！」

正說著，我的手機響了起來，我不想接聽，拿著看來電顯示，發現號碼不大熟悉。原來不是余敏打來的，摁下接聽鍵，「馮大哥，是我，黃尚。那個人帶著那個黑瘦黑瘦的女孩開房去了，一會兒我就報警。你看可以嗎？」

「好，就這樣，最好通知他單位保衛處的人，可惜不知道他家的電話。」我說。

「我已經問到他家的電話了，我明白你的意思。哈哈！」他大笑，隨即掛斷了電話。

我不禁駭然：這麼快就問到竇華明家裏的電話了？他怎麼做到的？但是，現在我已經沒有興趣再去想那件事情了。

我隨即對阿珠道：「你看，我說嘛，竇華明現在帶著那個叫甘小妹的女孩開房去了。」

「不！他們騙你的！」她大叫，滿臉的驚恐。

我搖頭，「阿珠，難道你現在還相信那個人嗎？我知道你已經醒悟過來了，只不過還在自欺欺人罷了。走吧，我現在送你回去，明天你就什麼都知道了。阿珠，不值得的，為了那樣一個男人不值得。你醒醒吧，別鬧了啊，我現在送你回去。」

她不再說話。

我將車停在樓下，然後送她上樓。敲門。是導師來開的門。

「怎麼這麼晚才回來？」導師問道。

我看了阿珠一眼，「老師，她心情不大好，讓她早點休息吧。」

「這下你們滿意了吧？」阿珠猛地說了這樣一句話後跑了進去。

「這怎麼回事？」導師問我道。

「那個人不是好人。我帶阿珠親眼去看了。老師，您今天晚上要注意她的情緒。」我說道。

「啊？這樣啊。馮笑，太謝謝你了，那你快回去吧。」導師對我說。

「一定要注意她的情緒。」我再次說道。

「知道了，你現在比我還嘮叨。」導師朝我笑道。

回到家的時候，陳圓還沒有睡覺。

我批評她道：「這麼晚了，你怎麼還不睡？非得等我回來？你可是有孩子的人，最好不要熬夜。」

「我白天都在睡覺的。怎麼樣？那位醫藥代表答應了嗎？」她問我道。

「你明明是在擔心我在外面幹什麼壞事情。」我不滿地說，「今天晚上就已經把事情辦完了。阿珠心情很不好，才送她回家。」

「哥，你說來我聽聽。」她頓時興趣盎然。

其實，我現在也有些興奮，因為我不知道竇華明和甘小妹現在的情況怎麼樣了，有些心癢難搔的感覺。於是，我把今天的事情給她講述了一遍。

「哥，其實我覺得這樣不好。」她聽完了後說道。

「怎麼不好了？」我問道，心裏不大高興。

「你一直都對人很心善的，今天是怎麼了？你想過沒有？這樣一來就毀掉了兩個人。那個醫生倒也罷了，但是那個女孩呢？她惹到誰了？」她說。

我頓時一怔，心想是啊，忽然想起余敏來，不禁在心裏暗叫「糟糕」！甘小妹是余敏的朋友，而今天這件事情的結果，卻會讓甘小妹同時身敗名裂，余敏肯定會對我不滿的。想起余敏目前的處境，我心裏不禁慚愧起來。

算了，想多了也沒用，明天再說吧。我在心裏對自己說，隨即去洗漱準備睡覺。

剛剛在洗漱間裏面脫光衣服，就聽見陳圓在外面叫我，「哥，你的電話在響，余敏打來的。」

「快拿進來。」急忙打開門將手伸了出去。

「他們被抓了，是不是你報的案？」余敏問我道。

「什麼被抓了？」我問道。

「你真的不知道？」她問，「甘小妹和那個竇去開房，結果被員警抓走了。甘小妹打電話給我，說讓我給她送錢去，員警要罰款。」

「又不是嫖娼，幹嗎要罰款？」我詫異地問道。

「問題是現在兩個人都沒帶身分證。馮大哥，兩個人一共要一萬塊錢的罰款，我沒有那麼多啊。現在這麼晚了，我又不敢去櫃員機取錢，你身上還有沒有？」她說。

「你把甘小妹贖出來就是，男的別管。」我說道。

「那好吧。可是這麼晚了，我害怕……」她說。

我不禁歎息，「你現在在什麼地方？」

因為處理了贖甘小妹的事，第二天上班的時候，我感覺很疲憊。剛剛開完醫囑，余敏就來到了我辦公室。我這才想起，她是來拿報告的。

「你等等，我馬上給你打報告。你自己泡茶吧。」我說。

沒花多少時間我就寫完了報告，「設備處那裏，你有熟人沒有？」我問她道。

她搖頭。

我不禁沉吟，「那怎麼辦？必須他們同意才行。」

「你給他們講一聲可以嗎？」她問。

「我也不熟悉。這樣吧，我去找找另外一個人。」我說。

但是，我去找誰呢？

王鑫肯定不行，他不是設備處的處長，而且，他對我肯定還很有意見。上次他老婆大鬧酒局的事情，雖然他事後沒有怎麼計較，但心裏對我不滿是肯定的。算了，我直接去設備處碰碰運氣。

當然，也不是純粹碰運氣。因為我想：

第一，我作為科室副主任已經打了報告，這說明我們需要這樣的產品。當然，他們也可以不考慮。所以，我必須當面去講一聲。第二，我畢竟是婦產科的副主任，在醫院來講，也算是中層技術幹部。而且，設備處處長我們認識，只不過沒有什麼交道罷了。

想明白了這一點後，我對余敏說道：「這樣，你先把報告交到設備處去，我下午去找找他們。趁上午的時間，你還可以去找一下我導師。那所醫院你們有老關係，設備處裏面的事情你們公司應該有辦法解決。」

她點頭，隨即看了我一眼。她的眼裏全是風情。漂亮女人的眼神是不可抗拒的，她的那一眼，讓我的內心顫動了一下，「下午我給你打電話。」

她離開了。

我發現，她給我的感覺，和其他女人不大一樣，她可以讓我感到心顫。我知道這是為什麼，因為我真的喜歡過她。準確地講，對她的那種感覺，跟我在中學時代對趙夢蕾有過的那種感情很相似。

可惜的是世事難料，我心裏不禁歎息。

整個上午都在忙碌，心裏偶爾會想起昨天晚上的事情，特別是竇華明的事情讓我依然有些心癢難搔，也不知道後來怎麼樣了。

中午回家吃飯。

在回家的路上，我給導師打了一個電話，「阿珠的情緒還好吧？」

「昨大晚上哭了一夜，我也一晚上沒睡著。今天還好，上班去了。哦，你等等，她好像回來了。你要不要和她說說話？這孩子，現在根本就不聽我的話了。」導師說。

「您問問她吧。」我說道。

「阿珠，馮笑的電話，你和他說話嗎？」我聽到電話裏面導師的聲音。

我心想，阿珠肯定還在生氣。果然，我聽到阿珠在說道：「不說！」

「算了，這孩子就是這個脾氣，你別介意。」導師歉意地對我說。

「沒事，老師，您今後有什麼事情就直接吩咐我吧。」我說，苦笑著搖頭。

「馮笑，今天你的那個朋友來找我了，報告我打了。小陳不錯的。唉！」她說，隨即掛斷了電話。

我一怔，頓時明白了她那句話的意思。很明顯，導師是在擔心我與余敏的關係。

陳圓看到我回家來吃飯，當然很高興，她的話特別多，而且不住問我阿珠現在情況怎麼樣了。

我說，我怎麼知道呢？今天一直在上班，還沒有聯繫過呢。

吃完飯便去睡午覺。昨天晚上太疲倦，現在，我不但想睡覺，而且還感到腰痛。最近一段時間來，那件事情做得太多，腎虛得厲害。

「下午一定要去藥店買些補腎的藥。」睡前我對自己說。

睡眠這東西很奇怪，一旦來了就猶如排山倒海般難以阻擋。如果極度想睡而不能，就會出現心臟不規則搏動，讓人感到難受至極。

充足的睡眠、均衡的飲食和適當的運動，是國際社會公認的三項健康標準。但人們對睡眠的重要性普遍缺乏認識。人類對睡眠的依賴性很強，一個人只喝水不進食，可以存活七天，而不睡眠，只能存活四天。睡眠的作用，在於大腦必須利用那個過程進行自我修復。

剛剛睡著就聽到手機在響，我不想接聽。

「哥，你的電話。」陳圓從外面進來，叫了我一聲。這下好了，我徹底醒了。我心裏很憤怒，說道：「我在睡覺！你沒看到啊？我想接電話的話，我自己不會接啊？昨天晚上那麼晚才睡，今天忙了一上午，好不容易回家想好好睡一覺……真是的！」

「哥……你怎麼啦？對不起，對不起啊。你繼續睡吧。」陳圓慌亂地道。

我頓時覺得自己過分了，但卻又不願意承認，即刻再次鑽進被窩裏面去了。

聽到陳圓關門的聲音，我再也不能入睡了。我為自己剛才的生氣而內疚。還有那個電話，究竟是誰打來的？於是，我從被窩裏面爬出來。

是阿珠的。

她卻不接聽了。我連續撥打了幾次都是這樣，心裏頓時慌了起來，想了想，我急忙給導師撥打過去。

「馮笑，午睡時間呢。」導師很不高興。

我這才想起，她昨天晚上也是一夜未眠，急忙歉意地道：「阿珠剛才給我打了個電話，我沒有聽到。我撥打回去，幾次她都沒接，我有些擔心。」

「不會吧？她一直在她房間的啊。這麼大的孩子了，還讓人擔心，真是的！唉！」導師在歎息。

電話裏面傳來她「窸窸窣窣」的起床聲，然後是腳步聲，敲門聲，再然後是導師的叫聲，「阿珠！」

「你們讓我難受了一晚上，我也不讓你們睡好午覺！」我即刻聽到電話裏面的阿珠在說。

我頓時苦笑：怎麼還像個孩子似的啊？這下好了，整個午睡全廢了。因為這樣一折騰，我再難以入睡，輾轉一陣子後，已經臨近上班的時間。

起床後，發現陳圓獨自坐在沙發處看電視，我心裏愧疚不已，「陳圓，對不起，我不該朝你發脾氣。我上班去了。」

她沒有來看我，雙眼一直在電視螢幕上，也沒有說話。

我看了看時間，「別生氣了，生氣對孩子不好。陳圓，對不起啊，晚上我早點回來。」

「哥，我不生氣。我只是覺得，你最近好像不大對勁，你以前不像這樣發脾氣的。」她終於說話了。

「主要是沒有休息好，所以就脾氣暴躁。對不起。」我說，匆匆出門，心裏依然內疚。

我發現，自己確實如她所說的那樣，最近一段時間來脾氣不大好。我想，這裏面除了睡眠較差的緣故之外，更多的是因為我內心的矛盾。

一方面我想變成一個好丈夫，想好好開始搞自己的那個學術專案，而另外一方面卻經受不住外面那些誘惑。金錢、女人，還有人情世故。正是這種矛盾的心境，才使得我時不時地爆發出壞脾氣來。

但是，每次生氣之後我都會後悔。因為我覺得自己不應該對陳圓發脾氣。作為男人，我知道自己在很多方面做得非常過分，但是陳圓卻幾乎沒有對我有過任何責怪，甚至連輕微的批評都沒有。更何況，她還懷有身孕。

有時候我就想，女人對自己太好了，可能並不是一件什麼好事情。那樣可能會造成自己對她的不在乎，還會造成自己對自己的不克制，使自己變得放浪形骸。

其實，說到底，男人就如同現在的官員一樣，是需要強有力監管的，如果紀委都是如同陳圓一樣的老婆，官員們不變壞才怪了。

在去往醫院的路上，我不住地胡思亂想，停下車後，卻開始為一件事情煩惱起來——我下午去不去設備處呢？

中午的愧疚讓我有些想改變主意。說實話，有一點我很欣賞余敏，因為我發現她與康得茂有共同的地方，他們都比較直率，勇於說出他們的真實想法與意圖。康得茂說過，他就是要通過我認識常育，就是想要爬上去。而余敏說，她發現我不是一般的人，所以，想通過我得到她需要的幫助。

而問題的關鍵是，他們的需要，對我來講並不是十分為難的事情。還有就是，康得茂的目標是為官一任、造福一方，他的那個理想很崇高。而我的內心深處也還是有一種理想化的東西在的，比如像康得茂追求的那種境界，所以，我覺得幫助他，其實也是實現自己理想的一種途徑。

而余敏的追求卻更簡單了，她僅僅是為了生活。

所以，我覺得余敏的事情，我就更應該幫了。她僅僅是為了生活，像常人一樣的生活，今後有自己的孩子，有飯吃，有房住。

於是，我在科室裏待了沒多久，就朝行政樓而去。

今天，醫院裏面顯得特別的生動，行政樓裏面的人們已經開始工作了，有不少的人在來往走動。行政部門就如同我們醫院的大腦，它指揮著、控制著整個醫院的一切。

這地方總是給我一種神秘感。

我上樓。

在二樓的樓梯口處，迎面碰上一個人。

「小馮，我正說找你呢，你馬上來我辦公室。」

是章院長。他在最近成了我們醫院的正院長。

「你看看這個。」到他辦公室後，他將一本雜誌遞到了我面前。雜誌是翻開的，彩色的頁面。我看到了圖片上的莊晴。

這是本娛樂類雜誌，「章院長，這不是莊晴嗎？想不到她發展得這麼好啊。」

其實我也很吃驚。上次她回來主要是談拍電視劇的事情，想不到這麼快，雜誌上面就登出了她參與拍攝的那部電視劇的採訪報導了。

我眼前的圖片，就是介紹那部電視劇拍攝情況的。從畫面上看，莊晴的裝扮還不錯，她身上穿的是抗戰時期國民黨軍隊的那種軍服，很可愛，很颯爽。

「馮主任，我聽說，她是通過你的關係才去當演員的，是不是這樣？」章院長看著我問道，神態並不是以往那種溫和的樣子，反而顯得有些嚴肅。

「我哪裏有那麼大能量啊？」我苦笑道。

他頓時咧嘴笑了起來，說道：

「你就別謙虛了。我都聽說了。蘇華的事情也完全是你一手幫忙，她才可以這麼快出來的。你看，現在連老董都還在裏面呢。小馮，你騙不過我的。呵呵！你當這個副主任，可是有人專門給我打了招呼的哦，我當然清楚你的情況了。莊晴是我侄女，她的情況我很想瞭解。小馮，請你告訴我好嗎？」

見他把話說到這個程度了，我也就不好再說什麼都不知道了。

「章院長，莊晴一直都不想當護士，她覺得當護士不但辛苦，而且收入太低，再加上她婚姻的失敗，所以，她一直想離開我們科室。有一次，她對我說想去當模特兒，因為有人告訴她說，她的腿長得很漂亮，適合去當腿模。其實，我也沒幫助她什麼，只是鼓勵了她。後來，她在北京的時候給我打了幾個電話，讓我知道了她的幾個情況：一是她在那裏生活很艱苦，工作也很不如意；二是她一直在堅持。

「前不久，她打電話來告訴我說，她的照片被一家雜誌社看上了，前些日子，我帶老婆到海南旅遊的時候還看到了那本雜誌呢，封面上就是莊晴的照片。很漂亮。我估計就是因為那張照片，才讓導演看上了她的吧。其他的情況我就不知道了。這本雜誌上的這些照片我也還是第一次看到呢。一會兒我出去買一本，呵呵，然後再給她打個電話祝賀她一下。」

他微微點頭，「原來是這樣啊。不過小馮，我依然得感謝你。我想，如果不是你對她大力的支持和鼓勵，她也不會這麼快就取得這麼好的成績。小馮，我對你有個請求，希望你能夠答應我。」

「您說吧。」我急忙地道。

「今後，莊晴如果回我們江南來的話，你告訴我一聲好嗎？」他說，很慈愛的樣子。

我覺得他的這個要求很可以理解，因為他畢竟是莊晴的長輩。於是我點點頭。之後，我忽然想起了一件事情，「章院長，您和莊晴是不是發生過什麼不愉快的事情？」

「沒有啊？怎麼？你聽她說什麼了？」他詫異地問。

我搖頭，「我倒是沒有聽她說什麼，不過，她好像對您有意見。」我不是嘴碎的人，只是想調和一下他和莊晴的關係，因為他是莊晴的長輩，而莊晴的朋友和親戚好像並不多。

他頓時笑了起來，「還不是她覺得我沒有把她工作安排得那麼好。這孩子就是這樣，好高騖遠，還喜歡耍小孩子脾氣。對了，她對你說過對我有什麼意見嗎？」

我搖頭，「沒說過，我只是感覺。呵呵！她就是那種脾氣。也許現在改變了吧？畢竟出去見過世面了。」

他點頭，「小馮，下次你和她通電話的時候，請你告訴她好嗎？就說我很關心她，如果她在外面不順心的話，隨時可以回來，我可以安排好她的一切的。」

「章院長，您真是一位慈祥的長輩啊。」我感歎道。

「小馮，你手上拿的是什麼東西？你到行政樓來做什麼？」他隨即看著我手上拿的報告問道。

我有些尷尬，即刻將手上的報告往身後藏去，「沒什麼，我想去設備處說點事情。」

他看著我微笑，說道：「是不是想進點什麼設備啊？你新官上任，是不是想燒三把火啊？小馮，我支持你，年輕人就是要有這種銳氣。給我看看，我幫你出出主意。」

這下我就不好再隱藏了，只好把報告朝他遞了過去，「章院長，小事情。不是什麼設備，只是兩種新的耗材，我覺得很適用，所以想給設備處建議一下。」

他拿著我寫的報告在看，臉上神情讓我琢磨不定，說道：「章院長，真的是小事。」

他抬起頭來朝我笑著，說道：「確實是小事，不過，我們是為一線科室服務的，你覺得這東西好的話，我們應該支持才是，畢竟是你們在使用嘛。我給設備處說說。」

我心裏大喜，「謝謝章院長。」忽然又想起一件大事情來，於是急忙地道：「章院長，有件事情我正好想給您彙報一下呢，不過，這件事情目前的條件還不是很成熟，所以，一是想聽聽您的意見，二是懇求您，暫時保密。」

「哦？你說說。」他很感興趣的樣子。

「我準備申報一個科研專案，是關於超音波治療婦科疾病方面的。我查過了，這方面的課題在全國乃至全世界，都還處於領先的地位。最近我正在準備申報資料，到時候，懇請醫院領導多支持。」我說。

他點頭，「這個題目倒是不錯。我們醫院每年的課題驗收都不達標，現在大家都去講經濟效益去了，在科研及學術方面越來越懶惰了。小馮，你的這個想法很不錯，我當然支持。不過，你想過沒有？醫用超音波這一塊，可是需要專業技術的，你是學醫的，超音波方面，準確地講，應該是應用物理方面的內容，你準備怎麼解決這個問題？」

我不禁在心裏佩服不已，因為他一下子就說到了這個課題最關鍵的地方去了。想了想，我回答道：「章院長，您說的那個問題，目前已經基本解決了，只是還需要調試人體疾病治療方面的一些物理學資料。後面的事情，就是動物試驗及臨床試驗需要做的了。」

「你的意思是說，設備的問題已經基本解決，只需要醫學上的試驗過程了，是不是這樣？」他問道。

我點頭，「是的。」

「那就不存在問題了。小馮，你的這個課題不錯。如果成功的話，將會引起醫學界轟動的啊。好，我支持你，你儘快把報告打上來吧。」他即刻說道。

我連聲道謝，心裏更加高興了。

可是，他卻在做沉思狀，「不過，這件事情有一個麻煩的地方。」

我頓時緊張了起來，「章院長，什麼地方麻煩了？」

「這樣的課題，對研究者的要求比較高，因為課題很新，而且需要的科研經費也會不少。你是剛剛提起來的副教授，級別不夠。所以，你最好找一位正教授，一個在學術界有影響的人與你合作。最少都得有一位博導級別的正教授作為指導，才可以一起報上去。」

我沒有想到，竟然還有這樣一個問題，仔細想了一下，頓時覺得他說的很有道理，不過，我心裏有些不大舒服，因為，如果按照他所說的那樣，那麼今後的科研成果就不完全是我的，而且我還會處於次要的地位。

我想了想後說道：「章院長，您說得對。這樣吧，反正我還沒有寫報告，我先考慮一下再說吧。」

他微笑著朝我點頭，說道：「行，到時候再說吧。小馮，你有那麼深厚的背景，今後前途無量啊。我希望你多努力，在管好科室的同時，一定要把學術提高上去。」

「謝謝章院長的提醒和鼓勵，那我就不耽誤您了，我馬上去設備處交報告。」我說。

「報告就放在我這裏吧，我給設備處說說。科研專案的事情，你趕快寫報告，年終馬上到了，現在正是向上面申報明年科研專案的時候。對了，你現在就去科研處領一份申報表，到時候與報告一同交上來。」他說。

我心裏對他感激萬分，隨即告辭後出去。隨後，我去到科研處要了一份科研專案申報表。

回到辦公室後，我忽然有了一種緊迫感，因為我本來對申報專案的事情並不著急，但是剛才聽了章院長的話後，我頓時知道了時間的緊迫性。

昨天晚上，我本來想讓蘇華幫我提供一些關於申報資料的思路什麼的，但是卻被我搞忘了。我拿著申報表仔細地看，頓時思路清晰了起來，因為這份表格上，對所需資料說得清清楚楚。

不過，表格上面有一項讓我頓時很為難，那一項的內容正是章院長提到的那個問題：專案研究人。

手機在響，看了看，是阿珠打來的，腦子裏面頓時一亮：馮笑，你傻啊？你的導師不就是最好的人選嗎？這樣一來，不就解決了所有的問題了嗎？我頓時高興了起來，急忙接聽電話，說道：「阿珠啊，什麼事情？」

「你昨天不是答應了我，請我喝酒的嗎？」她說。

「阿珠，昨天晚上我沒有休息好。而且，我現在手上一大堆的事情。改天吧，可以嗎？」我柔聲地對她說道。

「不行！」她依然大聲地道，「馮笑，你說話算不算數？」

我說道：「那你到我家裏來喝酒好不好？我馬上打電話，讓保姆多做幾樣菜。」

我確實太疲倦了，心想，如果在我家裏吃飯喝酒的話，我就可以早些睡覺了。

「馮笑，想不到你那麼財迷，我才不到你家裏去吃飯呢。你還說是我哥哥，一點都不在乎我，你和我媽媽一樣，就是不想讓我高興。你們這樣做，我偏偏不聽你們的。哼！你不幹算了，我自己 個人去喝！」她憤憤地道。

我正準備說話，卻聽到手機裏面傳來了忙音。我心裏頓時著急起來：她一個人去喝酒，萬一喝醉了怎麼辦？越想越擔心，我急忙撥打回去，說道：「姑奶奶，我答應你好啦。說吧，你想吃什麼？」

「我就說嘛，這才是我的好哥哥呢。」她頓時高興起來，「你下班後開車來接我，到時候再說去什麼地方吃飯。」

我不禁苦笑，「好，依你就是。」

看了看時間，發現距離下班還有一個多小時，隨即給導師打電話，我把今天章院長的意見給講了，隨後說了自己的想法。

「馮笑，你怎麼那麼傻啊？」導師卻即刻批評起我來。

「老師，您這話什麼意思？」我莫名其妙。

「你們章院長的話那麼明顯，難道你聽不出來？」她說，又開始嘮叨，「這是我的責任，以前只教會了你們專業上的東西，對為人處世方面的東西，給你們灌輸少了。蘇華就是例子。唉！都是我的責任……」

我暗自著急，因為我還沒有明白她剛才話中的意思，但是又不能打斷她的嘮叨，所以就只有一直聽她說完。

十多分鐘後，她終於結束了嘮叨，她在問我：「馮笑，你搞明白了沒有？」

我哭笑不得，同時也很是汗顏，「我……沒……」

「哎！都是我的責任啊，這麼明顯的東西，你怎麼就領悟不到呢？難道章院長在和你說話的時候，你沒看他的表情？你要知道，一個人說話時候的表情，是可以表露出他的某些深意的，他就是要讓你署他的名。你明白了嗎？怎麼這麼傻呢？」她說。

我一聽頓時就著急了，「老師，這怎麼行呢？他又不是我們婦產科的專家，而且，他署上了名，那我怎麼辦？今後的科研成果究竟算誰的？」

「你們年輕人真的是太性急了，我不是還沒有說完嗎？第二，你一定不要把超音波的那部分資料給他。他不是婦產科專家怎麼啦？他是院長。你知道領導是什麼嗎？領導就是啥都懂，哪方面都是專家的人。傻孩子，你好好想想吧。」她又嘮叨了半天才掛斷了電話。

我頓時長長地舒了一口氣。當我從耳邊拿開電話的時候，感覺到自己的耳朵有些發燙，而且，耳道裏面還在隱隱作痛。

我不禁苦笑，心裏想：她的電話費一個月不知道要花多少錢呢。

隨即，我便頭痛起來：又要讓章院長署名，還要去誠懇地請他，而且還不能得罪他。這都是些什麼事啊？我不禁唉聲歎氣起來：怎麼做一件事情就這麼難呢？

也許導師的分析是錯誤的吧？我忽然想道。

可是，萬一導師的分析是對的呢？如果到時候我不把章院長的名字報上去的話，那我的課題豈不是要泡湯了？

請續看《帥醫筆記》之九　醫院暗潮

帥醫筆記 之8 富商巨賈

作者：司徒浪
發行人：陳曉林
出版所：風雲時代出版股份有限公司
地址：105台北市民生東路五段178號7樓之3
風雲書網：http://www.eastbooks.com.tw
官方部落格：http://eastbooks.pixnet.net/blog
Facebook：http://www.facebook.com/h7560949
信箱：h7560949@ms15.hinet.net
郵撥帳號：12043291
服務專線：(02)27560949
傳真專線：(02)27653799
執行主編：風雲編輯小組
美術編輯：風雲編輯小組

法律顧問：永然法律事務所 李永然律師
北辰著作權事務所 蕭雄淋律師

版權授權：蔡雷平
初版日期：2015年10月
初版二刷：2015年10月20日
ISBN：978-986-352-205-8

總 經 銷：成信文化事業股份有限公司
地　　址：新北市新店區中正路四維巷二弄2號4樓
電　　話：(02)2219-2080

行政院新聞局局版台業字第3595號 營利事業統一編號22759935

定價：280元　特價：199元

國家圖書館出版品預行編目資料

帥醫筆記／司徒浪著. --初版-- 臺北市：風雲時代，
2015.06 -- 冊；公分

ISBN 978-986-352-205-8（第8冊；平裝）

857.7　　104008026